KB149516

결혼 10년마다
계약하기

흙길을 꽃길로 만드는 결혼생활 스킬 40가지

결혼 10년마다
계약하기

흙길을 꽃길로 만드는 결혼생활 스킬 40가지

장성미 지음

"아빠, 엄마처럼 살아!"

지금도 '결혼'을 선택사항의 문제로 회피하거나
회의론을 가지고 있는 결혼 전 그녀들과
결혼과 동시에 수많은 문제를 직면 하면서 이혼을 떠올리는 부부들에게
결혼을 통한 성장의 과정을 알려주고 싶다.

연애 10년, 결혼 9년차
한 남자와 19년을 지내왔다. 알 수 없는 힘의 에너지를 표출하는 8살
아들과 집에서도 드레스를 고집하는 5살 딸을 남편과 함께 키워가고
있다.

연애 10년을 하고 결혼했기 때문에, 아직도 남편을 사랑하느냐는
질문을 가끔 받는다. 어떻게 대답해야 할지 수십 가지의 감정들이 스
쳐간다. 한 가지 확실한 것은 든든한 남자친구, 깨가 쏟아지는 신혼 때

보다 지금의 남편에게 마음이 더 향한다는 점이다. 남편과 아무런 문제가 없는 완벽한 부부로 결혼생활을 해왔기 때문은 아니다.

연애 10년을 하고 결혼했어도 몰라도 너무 모르는 것들 투성이, 그리고 서로 다른 환경에서 살아왔기 때문에 부딪히는 불완전한 혼돈의 시간들이 있었다. 결혼 9년의 생활은 우리 두 존재를 조금 더 완전하게 합쳐주고 함께 성장하도록 만들어 주었다. 어쩌면 서로를 너무 잘 알기 때문에 더 치열하게 싸우고, 각 자의 동굴에 들어갔다 나오기를 여러 번 하며 이제야 "우리는 한 팀이야"라고 하이파이브를 치게 된 것이다.

여자 인생의 황금기라 불리는 20대 중반에 결성된 모임이 있다. 이름은 오자매, '우리 5명은 자매' 라고 해서 지은 이름이다. 우리는 모두 잘나가는 대기업을 다니고 있었고, 회사 내에서도 좋은 능력을 발휘했고, 20대답게 외모도 예쁘고 화려했다. 우리의 화려한 생활에 판을 깨는 사건이 생겼으니 바로 나의 결혼이었다. 나는 오자매 중 가장 먼저 결혼했다.

아직 결혼을 선택하지 않았던 그녀들 사이에서 나는 혼란을 겪었다. 결혼하면 안정적이고 행복할 줄 알았는데, 남편을 통해서 더 멋진 여자가 될 수 있을 거라고 생각했는데, 결과는 그 반대였다. 결혼을 선택하지 않았던 그녀들이 훨씬 더 멋지고 재미있게 인생을 사는 것 같이 느껴졌기 때문이다.

거기에 임신과 출산 그리고 육아라는 새로운 도전에 직면하게 되면서 그녀들과 난 자연스럽게 멀어지게 되었다. 둘 다 서울 토박이인 우리 부부였지만 남편의 지방근무로 정신적 버팀목인 친정과도 떨어져 지내야 했다. 아는 사람 하나 없는 지역에서의 진정한 홀로서기였다. 9년 동안 두 아이는 놀면서 싸우면서 자랐고 우리 부부는 갈등을 극복하면서 성장하고 성숙했다.

과거의 부모세대는 경제적 안정은 이루었지만 우리 세대에게 바람직하고 행복한 결혼생활의 모델을 제시해주진 못했다. 그런데 결혼은 당연히 해야 하는 것이고, 빨리 돈을 모아 집을 장만하고, 한 살이라도 젊을 때 애도 낳아 키워놓으라고 한다.

하지만 지금의 우리는 부모세대처럼 살 수 있는 시대가 더 이상 아니다. 연애, 결혼, 출산은 아예 포기하게끔 만드는 사회가 되어버렸다. 이는 어쩌면 가족의 안정을 위해 열심히는 사셨지만 결혼생활의 바람직한 모델을 보여주지 못한 부모세대 때문에 우리가 결혼에 더 회의적으로 된 것은 아닐까? 우리가 결혼을 앞둔 우리 자녀들에게 '아빠, 엄마처럼 살아'라고 말할 수 있을까? 자녀들에게 행복한 부부의 모델이 되어줄 수 있을까?

　　결혼을 두려워하고, 결혼을 선택하지 않는 20~30대에게,
　　행복한 결혼을 꿈꾸지만 불안한 신혼부부에게,
　　결혼 10주년을 앞두고 있지만, 혼돈과 갈등의 시간을 보내고 있는 부부에게,

　　이 책은 그럼에도 불구하고 결혼을 선택하고,
　　남편과 처음 10년까지는 계약하는 마음으로 살라고 말해준다.

　　부부는 조건 없이 서로에게 헌신하는 사이가 아니다. 서로에게 지속적으로 노력해야 하고, 일방적인 관계가 아닌 상생하는 관계여야 한다. 그래서 '10년 주기'로 서로에게 새로운 계약서를 작성해야 한다.

　　어느 부부에게나 위기가 찾아온다. 그때 활용할 수 있는 리스트가 있어야 한다. 나를 붙들어 줄 수 있는, 나의 감정을 조절해 줄 수 있는,

그럼에도 불구하고 결혼을 유지하는 목적이, 그리고 나를 도울 수 있는 주변사람들과 나와 같은 입장에 있는 사람들과의 공감대가 있어야 하는 것이다. 이 책이 장롱 속에 넣어두었다가 위기가 왔을 때 꺼내어 볼 수 있는 "위기 리스트" 같은 책이 되길 바란다.

이 책은, 결혼 생활을 시작하고 첫 10년을 어떻게 보내야하는가에 대해 저자의 결혼생활에서 우러나온 조언을 제시한다. 책 안에는 결혼 10주년을 앞에 두고 있는 여자로, 두 아이의 엄마로 당당하게 결혼생활을 유지하기까지 저자가 겪은 좌절과 깨달음이 담겨 있다.

부끄럽고 어쩌면 수치스럽기까지 한 이야기를 털어놓는 이유는 지금도 '결혼'을 선택사항의 문제로 회피하거나 회의론을 가지고 있는 결혼 전 그녀들과 결혼과 동시에 수많은 문제를 직면하면서 이혼을 떠올리는 부부들에게 결혼을 통한 성장의 과정을 알려주고 싶어서이다. 나 또한 혼란과 갈등을 거쳤지만 결혼 10년을 앞두고 있는 지금 행복하고 건강하게 살고 있으며, 그녀들 역시 그럴 수 있음을 알려주고 싶다.

"분수에 뛰어들어 봐!
추운 겨울엔 분수를 틀지 않아.
여름이니깐 뛰어들 수 있는 거야

'결혼 10년 주기'로 살아봐.
'결혼 10년 주기'라서 해볼 만한 거야.
분수에 한번 들어가면 또 들어가고 싶은 것처럼
10년 잘 살아내면, 20년 30년 잘 살고 싶어져"

2017년 새봄에

저자 장성미

10년은 믿고 의지하고 기대되는
10년이 기다리고 있기 때문이다

부부는 결혼하면서 10년짜리 계약서를 쓰고
일단 10년은 서로에게 무조건 열심히 맞춰주고 적응하면서 잘 돌아가는
톱니바퀴처럼 만들어보자는 것이다.

　14년 전 첫 주례를 선이래 33쌍의 주례를 섰다. 이들 33쌍은 속사
정이야 잘 모르겠지만 이혼을 했다는 말은 들어 보지 않았으니 결혼생
활은 잘 유지하고 있는 것 같다. 그런데 3포세대 4포세대가 되어버린
요즘의 젊은이들은 결혼을 꿈꾸지 못하고 있거나 하려고 하지도 않는
다. 심지어 결혼이라는 쉽지 않은 관문을 통과한 부부들도 결혼한지
얼마 지나지 않아 이혼을 하는 비율이 예전보다 높아지고 있고 결혼에
회의적인 경우도 있다. 결혼에 대한 강의도 많고 책도 많이 나온다는
것은 그만큼 전문가의 식견을 통해 평생 행복한 결혼을 영위하고픈 사
람들이 많다는 의미인 것 같다.

행복하려고 결혼한다. 하나보다는 둘이 함께했을 때 더 빛날 모습을 기대하며 결혼한다. 저자 역시 그런 마음으로 결혼했지만 결혼생활은 꽃길만 있는 것이 아니었다. 부부를 어쩔 수 없이 성장시켜버린 시스템과도 같았다고 말하고 있지 않은가

곧 결혼 10년을 앞둔 저자는 부끄럽지만 솔직한 결혼생활을 보여주고 그 안에서 깨우친 결혼생활의 스킬을 잘 말해주고 있다. 그런데 그동안의 결혼에 대한 상식을 뒤집는다. 결혼에 대한 컨텐츠를 살펴보면 대부분 참아라, 서로를 이해하라, 비전을 공유하라는 이야기가 많이 나온다. 물론 결혼생활에 이런 부분도 반드시 필요하다. 하지만 이제 곧 10주년을 앞둔 저자의 결혼생활을 이어온 원동력은 사실 "서로 버티기" 였음을 알 수 있다.

결혼이 영위되지 않는 가장 큰 문제를 '평생' 이라는 단어에 맞춰본다면, 결혼했으니 '평생' 행복해야 하고, '평생' 이 사람과 살아야 하고, 싫어도 좋아도 '평생' 이 사람과 죽을 쑤더라도 살아야 한다고 하니 그 부담감이 싫을 만도 하다. 그래서 저자는 결혼을 10년 단위로 나누어 살아야 한다고 했다. 그동안의 결혼에 대한 사고를 뒤집는 발언이다. 평생 살려고 하지 말고 10년 단위로 나누어 살면서 10년 후 마음

에 안들면 이혼한다는 것인가?

부부는 결혼하면서 10년짜리 계약서를 쓰고 일단 10년은 서로에게 무조건 열심히 맞춰주고 적응하면서 잘 돌아가는 톱니바퀴처럼 만들어보자는 것이다. 그리고 10주년 결혼기념일에 서로를 평가하여 결과에 따라 10년을 더 살지 말지를...

나는 이 책을 읽기 전에는 '결혼 10년마다 계약하기' 라는 표현이 다소 부정적이라고 느꼈다. 결혼이 행복하지 않고 힘든 터널을 뚫고 나가기 위해 버텨야만 하는 부정적인 단어로 들렸기 때문이다. 하지만 현실은 버티는 것이고 그 안에서 내 신념과 믿음으로 살아가는 것이다.

사는 건 서로에게 이기는 게 아니고(경쟁, 살아남기) "서로 버티기(공생, 협력, 배려)"라고 생각한다. 평생 행복하려고 하면 결혼이 어렵다. 저자처럼 서로 최선을 다해 "서로 버티기(공생, 협력, 배려)"를 했다면 그 사람과는 이혼하지 못한다. 다음 10년은 믿고 의지하고 기대되는 10년이 기다리고 있기 때문이다.

이 책은 결혼에 회의적인 젊은 세대들과 신혼부부 그리고 열심히 서로 버티며 살아가고 있는 부부들에게 저자의 생생한 결혼 생활에 대한 사례를 통해 독자들도 저자처럼 건강하고 행복하게 잘 살아낼 수 있다고 말하고 있다. 결혼을 통해 흙길이 아닌 꽃길을 걷고 싶은 모든 사람들에게 이 책을 추천한다.

2017월 5월

황인태(전, 한국후지제록스 대표이사)

Contents | 차 례

이 책은, 결혼 생활을 시작하고 첫 10년을
어떻게 보내야하는가에 대해 저자의 결혼생활에서
우러나온 조언을 제시한다.

책 안에는 결혼 10주년을 앞에 두고 있는 여자로,
두 아이의 엄마로 당당하게 결혼생활을 유지하기까지
저자가 겪은 좌절과 깨달음이 담겨 있다.

66

나는 다음 것들을 배우기 위해 우러가 결혼해야한다고 생각한다.
같이 결정해나가는 것, 서로 믿는 것, 의지하는 것,
둘이서 무언가를 이루어가는 것,
결혼은 더 나빠지기 위한 선택어 아니다.
바닷가에 놀러가서 갯벌에 빠져도
그곳에 뒹굴며 놀면 머드축제가 되는 것처럼
결혼은 당선 인생의 베이스캠프를 만들고
갯벌에 빠져도 함께 놀아줄 사람을 만나는 것이다.

99

Chapter
01

결혼 꼭 해야 하나요?

결혼은 상대의 현재를 받아들이는게 아니다.
의미 있는 이타적 목표를 함께 가질 수 있는 사람을 선택하라

01

결혼하고 애도 낳아봐야
어른이 되는거지

(나) "엄마! 세은이가 펜실베이니아 대학에 합격했대. 펀드도 지원 받아서 가는 거래. 너무 잘됐지?"

(엄마) "뭐가 잘돼. 엄마는 하나도 안 부러워. 그동안 공부한다고 결혼 안 하더니, 미국가면 또 언제 결혼해. 네 오빠랑 본석이(사위) 봐. 나이도 같은데, 본석이는 벌써 8살 아들이 있잖니. 오빠는 언제 결혼 해서 8살까지 키우니. 까마득하다.

결혼해서 애 둘 낳고 먼저 키우고 있는 네가 인생 엄청 버는 거야. 엄마 봐라. 25살에 오빠 낳았는데 너는 31살에 낳았잖아. 엄마가 너보 다 6년이나 더 빨라. 넌 오빠보다 7년이나 빠르고. 애를 빨리 낳는 사 람이 어른이야. 결혼하고 애 낳고 키워봐야 어른이지. 세은이는 언제 결혼해서, 언제 자식 낳아 키우니?"

엄마랑 친구처럼 지내는 나도 엄마와의 대화 도중 갑자기 말이 뚝 끊길 때가 있다. 바로 위와 같은 상황이다.

(나) "결혼 늦게 좀 하면 어때? 자식은 꼭 낳아야 돼? 솔직히 나도 영민이 하선이 너무 예쁘지만 지치고 힘들 때 많은데 자식 낳지 말고 둘이 잘 살면 되는 거 아냐? 왜 꼭 남들처럼 결혼해서 자식 낳고 살라 그래? 결혼해서 애 둘 낳고 사는 난, 별거 있어?"

(엄마) "애 좀 봐라. 네가 어때서? 지금은 애들이 어려서 그렇지, 조금만 더 키우면 돼. 그때 너 하고 싶은 거 하고, 멋지게 살아. 다 때가 있는 거야. 때를 놓치면 그만큼 늦어지는 거야"

괜한 흥분을 했다. 엄마 말의 의미를 잘 알면서 하고 싶은 공부를 하러 홀로 망설임 없이 떠나는 친구의 모습이 너무 부러워 엄마의 말을 부인하고 싶었던 것 같다. 부모세대는 말한다. 사람은 자식을 키워 봐야 진짜 사람이 된다고.

아무것도 안하는 것보다,

해보고 그 안에서 성장한 사람이 더 매력적이다.

오래 전부터 알던 남자선배를 연수원에서 우연히 만났다. 선배는 아내와 결혼한 지 10년이 넘도록 자녀가 없었다. 선배는 아내와 아이를 갖지 않기로 합의했었다. 그들은 대신 여행과 각자의 일에 시간을 투자했다. 내가 결혼 전 선배의 이야기를 들었을 때는 부부가 함께 세계 여행도 많이 다니고 멋지고 합리적이라고 생각했다.

오랜만에 우연히 만나 서로의 안부를 묻는 중 내가 결혼했고, 두 아이의 엄마라는 이야기를 들은 선배의 첫 마디는 날 혼란에 빠지게 했다. "아깝다. 너무 아까워. 그동안 열심히 강의했는데..." 선배는 나를 결혼과 육아로 모든 게 단절된 "아줌마"로 바라보고 있었다.

얼마 전 친구로부터 선배의 소식을 들었다. 아내와 1년 전쯤 이혼하고 강아지 한 마리를 키우며 피부과도 열심히 다니고, 본인을 위해 옷도 많이 사면서 재혼을 위해 맞선을 열심히 보고 다닌다고 한다.

우리엄마를 비롯한 부모세대의 말에 비추어 보면 이 선배는 이혼하고 애를 키워보지 않았기 때문에 어른이 안 된 거 아닌가? 절대 아니다. 선배는 결혼과 이혼의 과정, 재혼해 행복한 가정을 꾸리기 위해 노력하는 과정에서 자신에게 행복한 결혼생활이 무엇인지 되풀이해 물었을 것이고 성장했을 것이다. 선배는 피부과와 옷에 쏟은 돈만큼 그 연령대 다른 남자들보다 외모도 멋져졌고, 이혼을 겪는 과정에서 가정의 의미도 깨닫게 되었으리라.

아무것도 안하는 것보다, 해보고 그 안에서 성장한 사람이 더 매력적이다. 그런 의미에서 결혼하고 애를 키워봐야 어른이 된다고 하는 게 아닐까?

02

결혼은 선택인데 꼭 해야 하나요?

38살의 아가씨가 드디어 작년 가을 결혼했다. 양가 어른들의 소개로 만나 결혼 전부터 신랑이 혼자 살던 집에 아가씨가 들어가기만 하면 되는 거여서 그 전에는 어렵게만 느껴지던 결혼이 아주 쉽게 진행됐다. 결혼을 이렇게도 할 수 있구나 싶을 정도로 아가씨의 결혼은 초고속 결혼이다. 처음 만난 날부터 결혼까지 4개월이 넘지 않았다. 아가씨는 초고속 결혼에 대해 스스로 이렇게 평했다.

"나 같은 사람은 이렇게 가야지, 오래 만나 시간을 끌면 결혼을 못해. 분명히 '에이! 나 결혼 안 해!' 이럴 게 뻔해! 난 이렇게 얼렁뚱땅해야 결혼을 할 수 있는 사람인 것 같아"

어쩌면 '이 사람이 맞나?', '결혼하는 게 맞나?' 이렇게 고민하면 결혼하기가 힘들어지고, 아가씨처럼 양가에서 밀어붙여서(?) 본인 스스로도 '나 진짜 시집가?' 갸우뚱해야 결혼을 할 수 있는 건지도 모른다. 이제 결혼은 아무도 필수라고 생각하지 않는다. 결혼은 개인의 선택인데 자기도 잘 모르는 선택을 어쩌다 해서 식장에 서있기도 한다. 그래서 결혼은 때가 있고, 인연이 따로 있다고 말한다.

결혼을 앞두고 아가씨는 예쁘게 한복을 입고 명절을 맞아 예비시댁에 다녀왔다. 아가씨는 한복을 몇 시간동안 입고 다니느라 힘들어 죽는 줄 알았다고 말했지만, 그 말을 하는 아가씨의 입가에는 웃음이 배어있었다. 결혼 후 며느리로서 처음 맞는 명절은 어떨까? 온 세상의 미혼과 비혼이 부러워지는 시기가 있으니 바로 명절이다.

결혼 전후의 명절은 달라도 너무도 다르다. 많은 기혼녀들이 명절 이야기만 나오면 고개가 숙여지고 말수가 줄어든다. 나 역시 미혼 때의 명절은 회사에서 그냥 주는 유급휴가와도 같으니 어떻게 하면 잘 놀까, 어떻게 하면 제대로 쉴 수 있을까를 고민했다.

결혼 후는 어떠냐고? 명절 때 일단 아내, 며느리는 집을 비우면 안된다는 기본 마인드가 필요하다. 집을 비운다면 어른들과 함께 비워야 한다. 여행을 가도 다 같이 가야하고. 여기까지만 해두는 게 좋겠다.

미혼의 자유와 홀가분함이 그립고 부러운 건 사실이다. 그런데 부러우면 지는 거니 애써 결혼의 좋은 점들을 말하려는 건지도 모른다.

주말은 엄마가 늦잠 자는 날이야

그러나 독자가 결혼하고 싶다는 생각이 들게끔 나의 일상 한 토막을 알려주고 싶다. 사실 나 역시도 매주 이런 호사를 누리는 것은 아니다. 계약관계이니 남편에게 받은 만큼 나 역시 베풀어야 한다.

우리 집에서 주말 아침은 누구도 나에게 접근할 수 없는 금기의 시간이다. 남편의 배려가 컸고 아이들도 이를 잘 안다. 주말에 아이들은 일어나서 날 깨우지 않는다. 먼저 아빠를 깨운다. 다행히 아빠는 아침형 인간이라 아침잠이 별로 없다. 그래서 음과 양이 조화를 이루듯 남편과 내가 조화를 잘 이루는 것들이 있는데 그중 하나가 바로 잠이다. 남편은 잠자는 시간을 아까워하는 사람이고 나는 잠이 보약 중의 보약인 사람이다. 나의 주말 아침잠에 대해 남편의 불만은 다행히 없다. 무척 고마운 일이다.

'주말아침엔 엄마 늦잠 자는 날이야. 엄마는 잠을 많이 자야 피부도 좋아지고 기분도 좋아요. 알지요?' 남편은 아이들에게 이렇게 말한다. 내가 느지막이 일어나면 남편이 커피를 주기도 하고 토스트나 과일 등

간단히 먹을 아침을 챙겨주기도 한다. 그리고 아이들의 뽀뽀를 받고 하루를 시작한다. 나에겐 정말 행복한 일상이다.

멀리 여행가지 않아도, 놀이터로도 충분해

아이를 낳아 기르는 것만큼 고된 일도 없다. 그래서 창조주는 어린 아이들에게 초절정 귀여움과 해맑음, 떼쓰며 우는 모습에서 무조건 항복과 절대 복종을 맹세하게 만들고, 순도 100%의 순수함과 기절초풍할 만큼의 사랑스러운 행동을 하도록 프로그래밍 해놓으셔서 육아전쟁의 고단함을 잊게 하셨는지도 모른다.

집에 있다가 놀이터에만 나가도 아이들은 신나한다. 갑자기 미안한 생각이 든다. 놀이터에 같이 나와주는 게 뭐 어려운거라고. 미안한 마음에 급히 떠날 여행지를 검색해본다.

"영민아, 우리 어디 여행 갔다 올까?

(싫어. 차 오래 타야 되잖아. 나는 집이 제일 좋아)

"음, 엄마는 영민이가 심심할까봐"

(안 심심해. 놀이터 나왔잖아. 엄마도 그네 타봐)

어쩌면 우리는 결혼생활에서 매일 거창한 이벤트를 기대하는 것인지도 모른다. 여행이라도 가야 아이들이 심심해하지 않을 거라는 생각과 마찬가지이다. 하지만 차에 오래 앉아있어야 하는 장거리 여행이 아이를 오히려 힘들게 한다. 아이는 아빠엄마와 놀이터에 나와 같이 노는 것만으로도 행복한 것이다. 결혼생활을 장거리 여행으로 생각한다면, 그래야 행복한 결혼이 될 것이라고 생각한다면, 결혼은 진짜 어렵고 가기 어려운 것이 될 수밖에 없다. 길게 보지 말고 결혼 10년을 일단 잘 살아야 20년, 30년이 존재한다. 결혼을 인생의 장거리 여행으로 보지 않고 10년마다 계약한다는 마음으로 살아야 한다.

놀이터에서 노는 것만으로도 즐거운 아이처럼 우리는 결혼의 일상에서 즐거워할 수 있어야 한다. 가족과의 평범한 일상에서 소소한 행복을 느끼는 것이 결혼생활의 묘약이다. 결혼은 선택이기에 강요할 수는 없지만, 선택의 순간이 왔을 때 장거리 여행을 떠나는 것만이 행복할거라는 생각을 버리고 일상에서의 짧은 행복들을 함께 누리는 쪽으로 결혼을 선택해야 한다.

03

왜 우리 곁엔 괜찮은 남자가
없는 거지?

"내가 대체 어디가 어때서, 괜찮은 남자들은 다 어디 간 거야?"

요즘 여성들이 연애도 잘하고 남자도 잘 선택할 것 같지만 사실 내 주변에는 연애엔 젬병인 친구들이 몇 명 있다. 나 역시 결혼 전 이태원 브런치 카페에 앉아 친구들과 주고받는 대화의 대부분은 남자로 시작해서 다이어트 그리고 최근 사용한 드라마틱한 화장품 후기 등 이였다. 혹은 무조건 기승전남자에 관한 이야기로 끝났다. 그러나 실상은 많은 여성들이 제대로 연애를 하고 있지 못하다.

마지막으로 연애를 한 게 언젠지 기억이 가물가물한 친구도 있다. 어디 나가서 못생겼다 소리를 들을 만한 외모도 아니고, 공부도 할 만큼 했고, 직업도 번듯하다. 모임에 나가서는 세상 부러울 것 없이 자유롭고 도도한 척 하지만, 연애엔 젬병이다. 연애와 결혼에 도통 답이 보이지 않는 그녀, 그녀가 오랜만에 동창모임에 나왔다.

야! 잘 지내?

(넌 잘 지내고 있지? 애들 키우느라 바쁘지?)

어, 나 요즘 죽겠어.

(결혼한 유부녀 친구의 넋두리가 시작된다. 시댁에서 겪은 부당한 대우와 일화들이 줄줄이 풀어진다)

나 얼마 전에 시아버지한테 진짜 어이없는 말 들어서 집 가출했었어.

(적극적인 동의와 맞장구 세례를 받으며 유부녀들은 열변을 토한다)

그때 결혼 안한 친구 H가 나지막한 목소리로 말한다. "우울해하지 마. 그래도 너희는 결혼했잖아" 순간 나머지 친구들은 서로 시선을 교환하며 고맙게도 모임에 나와 준 H에게 화제를 돌려준다.

사실 H양은 회사 선배와 사내연애를 했었다. 연애를 시작하고 사이가 깊어질 때쯤 남자가 이혼남이라는 고백을 했다. 그리고 아이가 있는데 이혼 후 아내가 키우고 있다고 했다. 그래도 친구한테 문제가 되지는 않았다. 아이는 어차피 엄마가 키우고 있고, 이혼을 했다는 이유로 부적격은 아니라고 생각했기 때문이었다. 그런데 문제는 이혼고백을 한 이후 남자의 태도가 달라졌다는 것이다. 친구는 그게 아니라고 했지만 내가 옆에서 보기에 남자는 분명 변했다. 남자는 '자기가 너무 부족하기 때문에 다가갈 수 없다'고 했지만 누가 봐도 헤어지기 위한 변명에 불과했다. 그렇게 남자는 많은 이유를 대며 친구로부터 멀어져 갔고 결국 무심한 남자의 태도에 지쳐 친구도 어렵게 마음을 정리했다.

우리 친구들은 그 놈(?)을 무척 욕했고, 남자보는 눈을 키우라고 친구에게 조언을 아끼지 않았다. 그 후 친구는 소위 썸을 타는 남자도 없었다. 멀쩡한 친구가 왜 이렇게 연애 무능력자가 된 것일까?

또 다른 친구가 있다. 이 친구는 결혼정보회사에 제 발로 가입했다. 부모가 결혼정보회사에 가입을 시켜주는 경우가 많은데 강남의 모 결혼정보회사를 스스로 찾아간 친구는 자신의 등급(?)을 처절하게 확인받고 왔다. 그녀는 계속해서 자신에게 맞는 남자를 찾고 있다. 연애로 발전한 경우도 있었지만 아직 결혼에 이르진 못했다. 그래도 그 친구는 적극적이고 자신의 상황을 누구보다도 객관적으로 잘 알고 받아들이고 있었다. 그래서 '외모는 절대 보지 않는다. 집은 없어도 되지만 결혼자금 얼마는 있어야 된다!' 등 나름 합리적으로 똑똑한 계획을 갖고 있다.

배우자의 선택본능 "나보다 조금 나은"

"이미 다 결혼했겠지? 지금까지 남아있는 남자들은 뭔가 이상해." 이렇게 고민해봤자 답답하고 소용없다. 어쨌든 부지런하고 적극적인 새가 먹이를 찾는 것처럼 연애와 결혼에 뛰어들어야 결혼을 해도 한다.

만약 인-서울 주요 4년제 나오고 중견기업 이상 직장에 집안은 무난하고 키는 175cm 이상에 성격도 무난한, 정말 무난한 남자를 원한다고 가정하자. 그러나 무난한 남자는 희귀한 남자다. 이렇게 무난한 남자 만나기가 결코 쉽지 않다.

좋은 직장의 여자가 한 명 늘어날수록 좋은 직장의 남자도 1명 늘어나야 맞는 매칭이 되겠지만, 현실은 괜찮은 남자가 오히려 3~4명 줄어드는 사회가 되어 버렸다. 원래 결혼하기 괜찮은 남자는 우리 주변에 없는 게 아니라, 사회 구조상 절대 수가 부족하다. 특히 여자가 괜찮은 직장을 다닐수록 괜찮은 남자들의 입지가 좁아지는 것이다.

그런데 괜찮은 여자들의 배우자 선택 본능이 "나보다 조금 나은" 남성을 찾고자 당연히 위를 올려다보니 몇 명 남아있지 않는 것이다.

예전보다 우월하고 능력 있는 그녀들이 사회적 기회와 경제적 안정을 갖게 되면서 오히려 결혼이 더 어려워졌다.

그런데 결혼해서 살다보면 내가 알던 그가 그가 아니고 내가 모르던 그가 나온다. 나보다 조금 나은 것 같아 결혼했는데 나보다 나은 게 아니었던 것이다. 모른다 결혼은. 살아봐야 알지.

좋은 사람을 잘 선택하는 것이 1차적으로 매우 중요하다. 예를 들어 술을 좋아하거나, 주사가 있거나, 돈에 대한 개념이 없는 남자는 만나면 안 된다.

결혼은 일상을 함께 살아가는 것이다. 나랑 잘 살 수 있는 궁합이 좋은 사람을 찾아야한다. 위기관리능력이 있어야 한다고 할까? 조건은 나보다 나은 게 없더라도 위기관리능력, 사막에서도 같이 생존할 수 있는 숨은 저력을 가졌는지도 절대 놓쳐서는 안 된다.

살면서 마이너스 되는 사람이 아닌 살면서 플러스되는 남자를 어떻게 가려낼 수 있을까? 처음부터 내 마음에 쏙 드는 사람은 없다. 나를 통해서, 혹은 그를 통해서 내가 "조금 더 나은 사람"이 될 수 있는 것이 부부다. 배우자가 한 번에 껑충 뛰어 괜찮은 사람이 되어주기는 어렵다. 10년 단위로 나의 배우자를 설계해야 한다. 첫 10년 동안 함께 이루어야 하는 것이 무엇인가? 10년이 괜찮았다면 이 남자와 그 다음 10년 동안 함께 이루고 싶은 드림 리스트(Dream List)는 무엇인가? 이것이 결혼하는 이유이고, 그래야 행복한 부부가 될 수 있다.

맞다. 결혼은 정말 중요한데 너무 어려운 선택이다.

04

연애보다 결혼이 더 좋다

8년을 사귀던 남자에게 이별을 통보받은 한 후배가 눈물을 흘린다. 얼마나 허무하고 배신감이 들까? 다시 한 번 연애와 결혼이 무엇인지 생각해보게 된다. 후배의 주변 사람들은 결혼 적령기를 넘어가도 결혼 소식이 없는 후배에게 가끔 물어보았다. "결혼 안 해?" 사실 후배가 결혼 생각이 없는 건 아니었지만 결혼에 그리 적극적이지 못했던 남자친구에게 강하게 이야기를 못했었다. 헤어질 게 아니고 어차피 결혼한다면 남자친구랑 할 거니까 굳이 부담 주며 결혼하고 싶지 않다고 했다.

그동안 후배의 남자친구는 예비사위 못지않은 정성으로 여자친구와 그녀의 집안 식구들을 대했었다. 어머님 생신이나 명절 때는 비싼 과일과 해산물을 집 앞에 놓고 가고 늘 안부 전화를 드렸다. 그는 누가 봐도 예비사위로서 사랑받고 있었고 빨리 결혼해서 여자친구를 데려가지 못하는 것이 죄송하다고도 말했다. 그래서 후배의 부모님은 아직 시기가 아니라고 생각했고, 딸의 남자친구를 믿고 기다려주고 있었다.

그런데 둘이 헤어졌다고 한다. 그것도 이별을 통보한 것은 여자가 아닌 남자이고, 헤어지는 이유는 얼마 전 부모님 소개로 만난 다른 여자와 결혼할 계획이 있기 때문이었다. 그러면서 어처구니없는 한 통의 메일이 왔는데 '연인이 아닌 서로를 잘 아는 친한 친구'로 남고 싶다는 아주 이기적인 내용이었다. 사랑은 화학반응과도 같아서 길어야 30개월 정도 지속된다는 연구결과가 있는데 상당히 설득력 있게 느껴진다. 이유가 무엇이든 후배 남자친구에게 사랑의 화학반응은 더 이상 일어나지 않은 것이다.

'연애감정' 보다 강한 '시간의 정과 친밀감, 책임감'

연애의 감정이 식고나면 인간은 자연스럽게 자기애나 이기심이 고개를 들게 되고, 평등한 관계가 아닌 갑과 을의 관계가 되면서 한쪽이 이제 감정이 식어버렸다고 통보해버리면 다른 한쪽은 청천벽력과도 같은 이별을 혼자 고스란히 당해야만 한다. 그래서 연애는 감정을 털어버리면 상관없지만 감정을 쉽게 털 수 없는 입장이 되면 너무 어렵고 마음 아픈 것이 된다.

반면 결혼이라는 것은 결혼식을 통한 계약, 양가 식구들, 재산, 놓을 수 없는 자식이라는 끈, 자신을 향한 사회적인 시선들이 모두 자기애와 연결되기 때문에 아무리 사랑의 화학반응이 끝나버렸다고 하더라도 쉽게 갈라서지는 못하고 한 울타리 안에 있어야 한다.

그리고 그 안에서 함께 살아온 시간의 정, 친밀감, 책임감을 고려하면 연애보다 훨씬 더 강한 감정들이 생긴다. 그야말로 살아가면서 몸으로 부딪히며 생기는 전우애, 동료애, 동기애가 생기는 것이다. 연애는 빠지기도 쉽고 헤어지기도 쉽지만, 결혼은 한번 발을 들이면 얽히고설킨 수많은 관계들 때문에 아주 질긴 인연이 되어 헤어지기가 무척이나 어려운 것이다.

드라마에서 유부남과 열렬한 사랑에 빠진 여자들을 보면 주말과 휴일이면 가족과 함께 있어야해 연락도 끊긴 채 만나지 못하는 유부남을 향해 "열렬히 사랑받지 못해도 그 남자 옆에 있는 아내가 부럽다."라고 말하곤 한다. 이처럼 연애보다는 가족이라는 안정적인 제도 안에 둘러싸여 있는 아내가 조금 더 나을 수 있는 것이다.

래프팅보다는 조정경기에 유리한 사람이 결혼 상대다

지인들에게 소개팅을 몇 번 연결해준 적이 있다. 소개팅을 해주기 전 그들에게 묻는다. "절대 양보 못하는 것 하나만 알려줘" 그러면 어떤 남자든 다 좋다는 여자들도 한두 가지씩은 말한다. 키, 능력, 얼굴, 종교 등 모두 한 가지 기준점은 명확히 갖고 있다. "이왕이면 얼굴은 잘생기면 좋겠고, 착하면 더 좋고, 집이 잘살면 고맙고, 거기에 능력까지 있으면 내가 그냥 현모양처하지 뭐." 농담이지만 농담이 아니다.

연애하기 좋은 남자와 결혼하기 좋은 남자 사이에는 분명히 차이가 있다. 연애를 할 때는 상대에게 장점이 한두 가지만 있어도 얼마든지 사랑에 빠질 수 있다. 예를 들어 비까번쩍한 외제차를 몰고 다닌다면 그 조건 때문에라도 그 남자를 사랑하는 게 가능할 수 있다. 혹 키가 185cm가 넘는다면 그의 슈트 맵시에 반해 그를 사랑할 수도 있을 것이다. 또 그가 박보검처럼 잘생기고 순수하다면 그의 조건 따위는 따지지 않고 남자친구로 기꺼이 모실 수도 있겠다.

하지만 결혼은 이래선 안 된다. 한두 가지 눈에 띄는 장점보다는 치명적인 결함이 있는지를 살펴봐야 한다. 전체적으로 보았을 때 조화로운 균형을 이루고 있는 남자가 더 괜찮은 남자이다. 그래서 부모님들이 마음에 들어 하는 남자들은 어디선가 본 듯한 평범함에 매력이 다소 떨어지는 오징어, 꼴뚜기, 멍멍이처럼 보이는 것인지 모른다.

거친 물결을 헤쳐 나가기 위해 순간의 물살을 이겨내는 래프팅보다는 조정경기처럼 팀워크를 중시하고 같이 힘을 합쳐 속도를 내야하는 조정경기에 유리한 사람이 당신의 상대자로 더 좋다. 연애는 래프팅처럼 짜릿하고 인상적이고 강렬하다, 옷을 다 적시는 강한 물살에선 눈이 감기기가 쉽다. 그래서 상대의 진면목을 알아보지 못할 지도 모른다.

하지만 결혼은 조정경기처럼 잔잔한 물살을 가르며 같은 방향과 속도로 힘을 합쳐야 빨리 나아갈 수 있다. 래프팅은 목표지점 없이 계속 계곡을 타면 되지만 조정경기는 정확한 출발선과 목표지점이 있다. 목표 없이 강한 물살을 타는 래프팅 같은 연애보다는 조금 지루하고 반복적일 수 있지만 안정적인 룰(rule)이 있고, 그 안에서 정정당당하게 승부할 수 있는 결혼이 나는 더 낫다고 본다.

05

백년해로 인줄 알았는데

　한국의 이혼율이 세계 최고 수준이라는 보도에 걸맞게 점점 주위에서도 이혼남 이혼녀들이 많아졌다. 한 번 이혼하고 재혼까지 한 사람들도 종종 있다. 이혼에 관한 통계들을 보면 싱글 4~5명 중 한 명은 돌싱(돌아온 싱글, 이혼경험이 있는 사람을 이르는 말)일 수 있다고 한다. "괜찮은 사람은 벌써 한 번 갔다 왔고, 또 간다"라는 농담도 듣게 된다. 상황이 이렇다 보니, 이혼에 대한 인식도 많이 바뀌었다.

　불과 10여 년 전까지만 해도 이혼에 대해선 부정적 시각이 압도적이었다. 다른 부부들도 좋아서 사는 게 아니라 참고 사는 것이니 너도 참을 수 있는 만큼 참으라는 것이었다. 이혼하는 사람은 성격이 드세거나, 배우자에게 잘 못 맞추는 사람이라는 인식이 있었던 것이 사실이다. 이제는 이혼 건수만큼 이혼 사유도 다양해졌는데, 이혼하길 잘했다는 소리가 절로 나오는 사례도 많다. 확실히 달라진 건 옛날처럼 이혼사실을 숨기지도 않을 뿐더러, 초혼인 사람이 돌싱과 연애해도 집에서 결사반대하는 일은 드물다는 사실이다.

나는 이럴 때 이혼하고 싶다

배우 이재은과 9세 연상의 안무가 이경수 부부의 삶이 SBS 스페셜 〈이혼 연습, 이혼을 꿈꾸는 당신에게〉라는 제목으로 이혼의 벼랑 끝에 서 있는 부부들 중 한 부부로 공개되어 화제가 됐었다. 이들은 방송에서 이혼을 가상 체험하는 '이혼 연습'을 하는 부부로 나왔다. 그녀는 아역 출신으로 〈어른들은 몰라요〉, 〈학교1〉, 최고 인기 시트콤이었던 〈논스톱〉에 출연했고, 인형 같은 외모에 당당한 캐릭터로 많은 사랑을 받았다.

배우로서 한창 성장할 시기인 20대 중반, 그녀는 출연한 작품의 안무선생님으로 남편을 만났다. 중앙대 국악대학 스승이기도 했던 9살 연상의 안무가 이경수 교수는 이재은과는 사제지간으로 처음 인연을 맺은 뒤 연인이 되고 결국 결혼까지 했다. 그리고 그녀는 결혼과 동시에 방송생활을 접었고 올해로 결혼 10주년을 맞이했다. 부부사이에 자녀는 없다.

그런데 방송을 보며 나는 잠시 충격에 빠졌었다. 마치 게으른 옆집 아줌마를 보는 것 같았다. 귀엽고 당돌한 그녀의 이미지는 온데 간데 사라지고, 나태하기 그지없는 아줌마의 모습으로 방송에 나왔기 때문이다. 그녀는 살이 많이 불어났고, 귀찮은 듯 헤어밴드로 대충 묶은 머리, 목이 늘어진 박스 티셔츠에 레깅스를 입고 대부분을 소파에서 누워 지냈다. 생기 넘치고 상큼했던 전성기 때 그녀의 표정은 찾을 수 없었다. 그녀는 우울해했고 남편에 대한 원망이 그녀의 표정과 눈빛에서 그대로 느껴졌다.

결혼 10주년을 맞이한 부부이지만 대화가 거의 없었고, 그녀는 남편이 출근할 때도, 퇴근하고 들어와도 눈길 한번 주지 않았다. 이재은 남편의 이야기를 들어보니 결혼 당시에 이재은은 연예인이었지만 출석률 100%에 학업에 열심이었고 장학금도 타는 등 열정적으로 생활하는 모습에 남편은 반했다고 한다. 반면에 이재은은 부모님 빚을 갚느라 너무 바쁘게 일만하고 살아서 결혼 후엔 쉬고 싶은 마음뿐이었다. "나 아무것도 안하고 싶어. 전업주부로 살고 싶어"라고 남편에게 말할 정도였다.

결국 두 사람은 해당 프로그램에서 서로에게 이혼신청서를 내민다. 물론 이혼신청서를 내미는 상황은 '이혼 연습'을 해보자는 해당 프로그램의 일부였다. 백년가약을 한 부부가 갈등을 봉합하지 못하고 이혼서류에 도장을 찍는 일이 얼마나 후회스러운 일인지 고민해보자는 취지에서 만든 프로그램이다. 이 프로그램이 방영된 지 1년이 되지 않아 이재은 부부는 실제 합의이혼을 했다. 그리고 이재은은 다이어트에 성공하고 연기자로서 다시 시작했다.

최적주기는 10년, 계약결혼이라고 생각하고 살자

당신이 30살에 결혼했다고 가정해보자. 평균수명을 80살로 봤을 때 부부는 무려 50년을 같이 살게 된다. 요즘은 평균수명이 늘어났기 때문에 50년에 10~20년은 더해져 60~70년을 같이 살게 된다. 두 사람이 같이 살아가야 할 날이 너무 길다. 두 사람이 진짜 가족이 되지 않으려고 해도 가족이 될 수밖에 없는 시간이다.

그래서일까? 젊은 부부들 중에는 서로에게 질리고 지친 끝에 이렇게 평생을 살 수는 없다고 말하는 사람들이 많다. 부부 사이의 권태기가 예전보다 일찍, 그리고 자주 찾아왔다. 결혼 10년차 이재은의 두 부부에게도 찾아온 권태기. 그녀의 남편은 "내가 처음 만났을 때, 연애할 때, 사랑할 때의 이재은의 모습을 찾고 싶어"라고 말했다.

부부가 백년해로 할 생각을 하지말자. 백년해로는 사실 말이 안 된다. 이렇게 생각하면 권태기가 찾아오기 마련이다. 부부생활의 최적주기는 10년이고 이 동안은 계약결혼이라고 생각하고 살아보자. 이렇게 생각하면 적어도 2~3년은 만족스럽게 흘러갈 것이다. 10년 후에 두 사람이 어떻게 변해있을까 상상해보자. 설마 살찌고 뚱뚱한 아줌마나 배 나온 아저씨를 상상하진 않을 거다. 둘이 알콩달콩 좋은 시간도 보내보고, 싸워도 보고, 아이를 같이 키워보고 힘들어하면서 한 사람은 10년 계약기간이 빨리 끝나길 바랄 수도 있고, 다른 한 사람은 또 10년의 시간이 연장되길 바라는 마음이 클 수도 있다.

계약기간 만료인 10년 후 서로가 기대하는 모습을 갖기 위해 시간을 쪼개고, 현재에 충실하며 각자의 역할에 맞게 제대로 살아보자. 그렇게 10년을 살아본 후에 10년을 연장할지 말지, 연장한다면 어떤 계약조건을 넣을 것인지 다시 생각해보자.

06

결혼하고 싶어도 못하는 남자 vs
할 수 있어도 안 하는 여자

　작년 봄, 친오빠는 만나오던 여자와 헤어졌다. 구체적인 결혼 이야기까지 오고갔던 여자였기에 우리 집은 적잖은 충격을 받았다. 두 사람이 헤어진 이유는, 간단히 말해 여자가 친오빠보다 잘났기 때문이다.

　친오빠는 미국유학을 다녀온 후 1년여 정도 시간강사 생활을 할 때까지만 해도 눈이 꽤 높았다. 그때만 해도 맞선을 볼 여자를 고르는 기준이 있었다. 나이, 직업, 집안 그리고 외모까지도. 그런데 교수채용에서 번번이 실패하고 시간강사 생활이 길어지면서 결혼적령기는 지나갔고　오빠의 자신감 역시 밑바닥을 쳤다. 친오빠는 외고, SKY대를 졸업하고 미국박사학위까지 받은, 소위 말하는 엘리트 코스를 밟은 사람이다. 오빠가 만난 여자는 2살 연하로 30대 후반 대학병원 전문의였다. 이 여자 역시도 엘리트 코스를 밟아온 여성이다.

하지만 결혼을 앞둔 시점에서 남자는 교수임용이 되지 못한 불안한 시간강사였고 여자는 전문의로 자리 잡은 능력 있는 의사였다. 결혼이야기가 나오기 시작하면서 여자는 남자에게 집 마련 여부와 결혼 후 생활비로 얼마를 줄 수 있을 것인지 등을 현실적으로 묻기 시작했다. 여자는 결혼을 위해 상당한 액수의 돈을 모아놨다고 했다. 오빠는 여자와의 사회적, 경제적 격차를 피부로 절감하기 시작했고 결국 합의점을 찾지 못하고 헤어졌다.

여자친구와 헤어져야겠다고 결심하게 된 이유를 나중에 들었는데, "교수 임용이 된다하더라도 신임교수 연봉은 현재 자기 연봉보다 낮기 때문에 결국 자신이 생활비를 더 많이 부담할 수밖에 없다"라며 큰 실망을 내비친 여자의 현실적인 얘기들 이였다고 한다. 오빠는 지금까지 자신이 최선을 다해 이루어왔던 모든 것이 초라하게 느껴졌고, 자신이 교수의 꿈을 이룬다 해도 이 여자는 자신을 지지하고 인정해주지 않을 사람임을 느꼈다고 한다.

현실적인 경제적 이유가 친오빠가 헤어진 표면적인 이유였지만, 자신보다 더 연봉 높고 능력 좋은 여자에게 초라하게 비치는 자신의 모습이 싫어 결혼하고 싶어도 못하는 남자가 된 것은 아닐까? 그런데 여자와 헤어지고 몇 달 뒤, 친오빠는 서울의 한 명문대에 교수로 임용됐다. 만약 그 여자는 자신이 만나던 남자가 몇 달 뒤 교수임용이 될 줄 알았다면 헤어졌을까? 결혼을 할 수 있는 기회를 스스로 놓아버린 여자는 지금은 자기 기대치에 맞는 사람을 만났을까?

미혼남녀가 결혼을 하지 않는 이유

요즘은 결혼하고 싶어도 못하는 남자와 할 수 있어도 안 하는 여자가 많다. 한국보건사회연구원의 '2015년도 전국 출산력 조사'에 따르면 30~44세 미혼남녀 839명(남성 446명, 여성 393명)을 대상으로 지금까지 결혼하지 않은 이유를 물어봤더니 남성은 '소득이 낮아서'(10.9%), '집이 마련되지 않아서'(8.3%), '결혼 생활비용 부담이 커서'(7.9%), '고용상태가 불안해서'(5.7%), 결혼 비용이 마련되지 않아서(4.4%), 실업상태여서(4.2%) 등 경제적 이유로 분류되는 항목들이 모두 41.4%에 달했다. 우리 친오빠와 이유가 비슷하다.

반면 미혼 여성은 '본인의 기대치에 맞는 사람을 만나지 못해서'(32.5%)가 결혼하지 않은 가장 큰 이유였다. 이어 '결혼할 생각이 없어서'(11%), '결혼보다 내가 하는 일에 더 충실해지고 싶어서'(9.2%), '결혼에 적당한 시기를 놓쳤기 때문에'(6.5%), '이성을 만날 기회가 없어서'(5%), '상대방에 구속되기 싫어서'(4.4%) 등의 순으로 나타났다.

남성은 경제적인 이유로, 여성은 본인의 기대치에 맞는 사람이 없기 때문에 결혼하지 않는 것이다. 지금은 결혼을 선택하는 게 쉽지 않은 현실임은 틀림없다. 특히 사회적 지위와 능력을 갖춘 여성이 기대에 맞는 남자를 만나는 게 어려운 사회가 되었다. 여성이 남성보다 경쟁에서 앞서나간다는 건 어제오늘의 뉴스가 아니다. 공무원 시험의 여성 합격률, 판검사의 여성비율 등 여성들은 과거 어느 때보다 똑똑하고 능력이 좋다. 그런 능력 있는 여성들이 많아지면서 상대적 박탈감을 느끼는 위치에 처한 남성 또한 늘어났다. 하지만 결혼은 꼭 조건이나 능력, 본인의 기대치에 맞는 사람과 해야 행복한 것은 아니다. 이건 결혼해서 살아본 사람이라면 누구나 안다.

결혼은 상대의 현재를 받아들이는 게 아니다
의미 있는 이타적 목표를 함께 추구할 수 있는 사람을 선택하라

결혼은 그 사람의 현재를 받아들이는 게 아니다. 내가 알지 못하는 상대의 과거와 그리고 앞으로 일어나지 않았지만 함께 맞이하게 될 미

래까지 모두 받아들이는 것이다. 지금 상대의 모습이 내 기대치에 맞지 않다고 해서(여성기준), 자신이 경제적 준비가 잘 되어있지 못하다고 해서(남성기준) 결혼을 선택하지 않는 것은 현재만 보는 좁은 시야이다. 상대를 보다 넓은 시야로 바라보아야 한다.

두 사람이 미래에 함께 무엇을 이루어낼 수 있을까? 나 혼자 이루고 모든 것을 움켜쥐겠다는 이기심을 버려라. 예를 들어, 내 월급은 내 것이니까 이건 내 목표를 위해서만 사용할 거야라고 생각한다면 당신은 결혼할 자격이 없다.

어떤 목표를 추구할 지 합의할 수 있는 사람인지를 우선 판단해라. 당신은 상대와 공유할 수 있는 의미 있는 이타적 목표가 있는가? 이것은 매우 중요하다. 왜냐하면 사람은 정신적-영적 존재이기 때문에 함께 선한 일을 해나갈 때 느끼는 기쁨은 강한 유대감과 결속력을 낳는다.

나는 결혼 전 교회청년부에서 네팔 카투만두에서 약 1시간 떨어진 한 고아원을 방문해 그곳 아이들을 만난 적이 있다. 그때 한 7살 남자 아이의 엄마가 되었고 그 후 편지를 주고받았다. 하지만 그 아이가 커서 다른 고아원에 가게 되었다는 소식을 들은 후로는 연락이 끊겼다.

그 후 네팔의 불안정한 국내 뉴스를 들을 때마다 남편과 나는 우리아이들이 어느 정도 크고 나면 함께 봉사하러 다니자고 약속한다. 그리고 봉사를 위해 지금부터 조금이라도 돈을 따로 모아야 하고, 그렇게 봉사를 다니기 위해서는 지금 우리가 더 열심히 살아야한다고 의욕을 다진다.

우리가 알고 있는 연예계 대표 잉꼬부부인 션과 정혜영 씨의 기부와 봉사활동도 바로 두 사람이 공유하는 이타적 목표에서 시작되었을 것이다. 이것이 부부가 잘 살아갈 수 있는 이유다.

07

그럼에도 불구하고, 결혼이 정답인 이유

아이 하나를 키울 때 얼마나 돈이 들까?

　예를 들어 먹이고 입히고 재우는 것을 빼고 단순히 교육비만 따져 보면 몇 억이 들까? 이런 걸 계산하고 아이를 낳는 멍청한 부모가 있을까? 그러면 낳지 않는 게 당연히 맞는 계산이 된다. 아이 둘을 낳고 키우고 있는 나도 종종 듣는다. "아이 둘 키우시려면 돈 많이 드시죠?" 매일매일 가계부를 쓰면서 아이들에게 들어간 돈 대신 적금에 부었더라면 벌써 얼마는 됐겠다고 생각하지는 않는다. 셈으로는 손해일 수 있지만 결코 손해라고 느끼지 않는 것은 아이들의 존재 자체가 주는 기쁨, 가족 안에서 누리는 행복이 비교할 수 없이 크기 때문이다.

이것뿐일까? 우리 인생 자체가 셈이 불가능한 것들이 많다. 지금 당장은 이익일 것 같지만 손해인 경우가 있고, 손해 본 것 같지만 결국 이익으로 돌아오는 경우도 많다. 당신에게 있어 결혼은 어떠한가? 이익인가? 손해인가? 아니면 잘 몰라서 계산이 불가능한가?

결혼예찬론이 아니다

혼밥, 혼술, 1인가구가 뜨는 시대에 결혼이 정답이라고 말하면 비웃을지도 모른다.

네가 남편을 잘 만나서 그런 거야!
이상한 시댁을 만나고 나서도 그런 소리가 나올 것 같아?
당장 내 학자금도 못 갚는데 누가 나랑 결혼해줘?
아무리 사랑해도 집을 구할 돈이 없는데 결혼하자는 말이 어떻게 나와?
부모 반대 무릅쓰고 결혼하더니 결국 이혼하던데 뭐... 돌싱녀(남)가 되는 건 싫어!

사실 혼자 사는 건 '외로움' 이라는 감정만 잘 이겨낼 수 있다면 나쁘지 않다. 그런데 혼자 살겠다고 말하는 사람들의 대부분은 '내가 나

중에 아프면 누가 돌봐줄까? 늙고 힘없어질 때를 대비해 돈 열심히 벌어야지' 생각하고, 보험도 더 열심히 가입한다.

나 역시 결혼하지 않는 사람들을 보고 처음에는 '진짜 좋아하는 사람이 안 나타나서 그래, 정말 콩깍지가 쓰이면 달라질 걸?' 이라고 생각하기도 했다. 하지만 진짜 그들이 결혼하지 않는 이유를 들여다보면 저렇게 마음의 문을 닫아 버린 상태에서는 온전히 사람 자체를 좋아한다거나 사랑에 빠지는 것 자체가 무리라는 생각이 들 때가 많다.

남편이 가장 의지하는 선배 형이 있다. 선배 형은 남편보다 7살 더 많지만 미혼이다. 경제력, 외모 등이 부족해서 결혼을 안 한 사람이 아니다. 대기업 화학회사의 책임연구원으로 일하고 있고, 연봉도 높다. 키도 180cm가 넘고 외모도 준수하다. 우리 아이들을 많이 예뻐해서 용돈도 많이 주고 여러모로 잘 챙겨주신다. 따뜻하고 정이 많은 사람이다.

그런데 선배 형은 왜 결혼을 안 한 걸까? 나가는 소개팅마다 별로였다고 한다. 정말 사랑하는 여자를 못 만나서일까? 혹시 남자를 좋아하시는 건 아닐까 싶어 한번은 남편과 심각하게 이야기를 나눈 적도 있다. 그런데 남편도 사실 그런 생각을 해본 적이 있을 정도로 선배는 혼자 사는 게 좋다고 한다. 그는 왜 결혼하지 않는 걸까?

그에게는 한 가지 꿈이 있다. 바로 브라질 아마존 강에 가서 사는 거다. 어떤 날은 알래스카에 가서 산다고도 한다. 그래서 직장에서 열심히 일해 적당한 양의 돈이 모이면 떠나겠다고 한다. 이런 자기를 이해해줄 여자는 없을 것 같아 결혼하고 싶지 않다고 한다. 이렇게 확실한 자기만의 세계가 있는 사람에게도 결혼하라고 할 수 있을까?

결혼은 더 나빠지는 결과를 낳는 선택이 아니다
인생의 좋은 베이스캠프를 만들 수 있다

결혼 회의론이 팽배하다. 결혼할 이유보다는 하지 말아야 할 이유가 더 많다. 혼자가 싫다면 굳이 결혼할 것 없이 동거로 사는 것도 괜찮다고 조언한다. 그런데도 불안함은 사라지지 않는 것 같다. 아이러니한 사실은 결혼 회의론자들 중에서도 결혼을 할 수 있으면 하겠다는 사람이 절대 하지 않겠다는 사람보다 더 많다는 것이다.

어느 날 남편이 퇴근하고 늦게 집에 들어와 내 팔을 베개 삼아 누우며 말한다. "아 이래서 결혼하나보다. 여기가 내 베이스캠프야."

베이스캠프란, 대개 높은 산을 등반할 때 긴 등반 기간에 필요한 식량과 장비를 비축하고 대원들이 일정 기간 머물며 체력을 회복할 수 있는 근거지를 말한다. 따라서 베이스캠프로 선정하기에 좋은 곳은 바닥이 평탄하고 식수를 구하기 쉬운 곳이어야 한다.

결혼은 경제적, 정서적, 금전적으로 불완전한 두 존재를 조금 더 완전한 하나의 존재로 합쳐주는 합리적인 시스템이라 할 수 있다. 인생에 필요한 베이스캠프의 요건을 따져볼 때 결혼은 좋은 선정 조건을 갖추고 있다. 혼자 사는 것보다는 둘이 혹은 넷이 살면 식비나 거주비가 줄어들게 되고 부부는 서로의 보완재 역할을 해줄 수 있다. 결혼은 당신 인생의 좋은 베이스캠프가 되어 줄 수 있다.

스몰웨딩을 결정하기까지의 과정이 의미가 있다

요즘 연예인들 사이에서 스몰웨딩이 트렌드가 되고 있다. 2013년 제주도 집 마당에서 조촐하게 결혼식을 치른 이효리를 시작으로 스몰웨딩을 한 연예인을 개념연예인이라 부르며 선망의 대상이 되고 있다. 솔직히 천편일률적인 스드메, 20분 예식, 뿌려놓은 축의금 걷기, 눈도장 사진 찍기 등에 거부감을 느끼는 사람들이 많다.

작년에 결혼한 원빈 이나영 커플 역시 스몰웨딩을 하며 많은 관심을 받았다. 두 사람은 원빈이 어린 시절 자랐던 강원도 정선의 한 청보리밭에서 가족과 가까운 친지들만 모아놓고 결혼식을 했다. 결혼을 한

나 역시 두 사람의 청보리밭 결혼사진을 보며 참 아름답다고 생각했다.

정선의 청보리밭은 원빈이 어린 시절을 보낸 곳이고 지금의 부모님이 살고 계신 곳이라고 한다. 그곳에서 새로운 인생을 약속한 두 사람은 결혼과 결혼식의 의미를 되새길 수 있었을 것이다.

이런 스몰웨딩을 하는 사람들은 어떤 공통점이 있을까? 돈이 없어서? 결혼식이 힘들고 귀찮은 예식이라서? 아마 두 사람이 스몰웨딩을 결정하기까지는 부모님을 설득하는 문제 등 두 사람 간에 많은 대화가 오갔을 것이다.

나는 다음 것들을 배우기 위해 우리가 결혼을 해야 한다고 생각한다. 같이 결정해나가는 것, 서로 믿는 것, 서로 의지하는 것, 둘이서 무언가를 이루어가는 것

결혼은 더 나빠지기 위한 선택이 아니다. 바닷가에 놀러가서 갯벌에 빠져도 그곳에서 뒹굴며 놀면 머드축제가 되는 것처럼, 결혼은 당신 인생의 베이스캠프를 만들고 갯벌에 빠져도 함께 즐기며 놀아줄 사람을 만나는 것이다.

❝

결혼 첫 10년 동안 부부는 내편이 아닌
서로에게 파트너가 되어주는 방법을 익히고 알아가야 한다.
왜냐면 결혼식을 치르고 난 직후부터 10년 동안,
부부는 가장 많은 문제를 만나게 되기 때문에
최적의 파트너가 되여 줄 최고의 시기이기 때문이다.

❞

Chapter
02

결혼, 10년마다
계약해야 하는 이유

결혼 10년은 권력게임의 규칙과 벌칙,
승자와 패자를 예견할 수 있도록 만드는 시기이다.

01

결혼만큼 이혼에도 판타지가 있다

오랜만에 친구를 만났다. 서로 근황을 말하는 중에 "결혼 10년 단위 계약"에 관한 책을 쓰고 있다고 말했다. 정확히 10년차 결혼생활을 하고 있는 친구는 눈을 똥그랗게 뜨고 말한다.

"결혼10년? 10년 살고 나서 그 다음은 뭐가 달라져? 왜 10년이야? 결혼 10년을 잘 살아내고 나면 어떤대? 그 다음 10년은 내 인생이 뭔가 확 바뀔 것 같은 기대감이 있는 거야? 44~55를 입던 내 몸뚱이는 66~77을 입어야 되는 아줌마가 되었는데, 하루하루 어떻게 시간이 가는 건지 모르게 살고, 애들은 잘 키우고 있는 건지조차 모르겠어! 여기 저기 내게 기대려하고 내게 요구하는 것들이 점점 많아져 혼자 확 떠나버리고 싶어. 나 없이도 굴러가겠지 싶지만, 막상 떠나지도 못하고 혼자 발 동동 구르는 게 나야. 10년 살고 나서 다시 계약? 이혼도 돈이 있어야 하니까 못하고 사는 사람 많아!"

맞다. 이혼도 돈이 있어야 한다. 이혼도 엄청난 용기가 필요하고 이혼 후 가장 먼저 부딪히는 게 경제적인 부분이다. 경제적 독립이 준비되어 있지 않다면 이혼도 쉽지 않다.

그래도 당신이 이혼을 한다고 생각해보자. 작년에 결혼 3년 만에 이혼하는 쥬얼리 멤버 이지현 씨의 이혼 소송 기사가 있었고, 얼마 후 이지현 씨의 합의 이혼 기사를 본 네티즌들은 따뜻한 위로를 건넸다. 남편과의 합의에서 위자료나 재산분할을 포기하고 두 자녀에 대한 친권자 및 양육자 지정과 자녀들의 양육비만을 요구한 합의 이혼이었다. 어떤 이유에서 이혼하는지 알 수는 없지만, 이지현 씨에게는 두 아이가 가장 중요했고 그녀는 결혼생활을 유지하는 것보다는 이혼이 낫다고 판단했다.

이혼의 과정과 그 후의 삶이 결혼생활보다 만족스럽게 여겨지는가? 그렇다면 이혼하는 게 맞다. 하지만 그 전에 정(+)과 반(−), 그리고 그 합(=)을 계산해봐야 한다. 정(+)이 많은가? 반(−)이 많은가? 정(+)에 해당하는 사항들이 많이 생각난다면 당신은 결혼생활에 더 노력하는 편이 낫다. 왜냐하면 두 사람 사이엔 신뢰 프로세스가 존재하고 있기 때문이다. 어쩌면 이혼에 드는 긴 시간과 에너지가 당신을 더 황폐하게 만들지 모른다.

이혼의 가능성을 패로 가지고 살아라

여자라면, 결혼에 대한 판타지가 있다. 결혼하면 얼마나 좋을까? 듬직한 남편에 토끼 같은 자식과 행복만 있는 건 아닌데, 우리는 판타지 속에서 결혼을 준비한다. 그런데 이혼에도 많은 사람들이 판타지를 갖고 있다.

한때 난 남편과 이혼하고 난 후의 내 삶을 마음껏 상상해본 적이 있다. 로또 1등이 된다면 그 돈을 어디에 쓸까 행복한 고민을 하는 것처럼, 지금 내가 처한 결혼생활을 벗어나는 일탈을 꿈꾸는 상상이다.

'남편같이 꼼꼼한 성격의 남자는 절대 안 만나. 공대 졸업한 사람 다시 만나나봐라. 바닥에 뭐 묻은 거 그냥 못 넘어가고, 잔소리하는 남자는 일단 땡이야! 주말엔 왜 밤에 잠을 안 자? 그리고 낮에 졸고 있고! 올빼미 형은 싫어. 남편은 한국을 사랑해 한국에서만 살고 싶다는데, 난 호주로 가서 거기서 살고 싶어!'

그런데 점점 뭔가 이상해진다. 생각이 내 의도와 달리 다른 쪽으로 간다.

'그래도 남편이 가정적이잖아. 집안일도 많이 도와주고. 잔소리를 많이 해서 그렇지 잔소리하면서 나한테 치우라고는 안하니깐. 못 견디는 사람이 치우고 청소하는 거지. 그런 면에서 남편이 참 괜찮은데…….출근하기 전에 일찍 일어나 설거지하고 빨래 널어주고 나갈 땐 사실 고마웠잖아. 애들하고도 잘 놀아주잖아. 1등 아빠는 맞아. 아이 둘을 엄마 없이 뚝섬 수영장에 데리고 가서 놀아주는 아빠는 흔치 않잖아. 술을 좋아하지도 않고……. 사실 정 많은 사람인대, 그러고 보니 남편하고 이혼 안 하고 같이 사는 게 더 낳을 수도 있겠다.'

어느 순간 내가 남편을 편들고 있다. 원래 나의 일탈의 상상은 이게 아니었다. 남편을 멋지게 내팽개쳐버리고 그동안 꿈꾸었던 멋진 삶을 상상하는 것이었는데. 왜 거기에 애들이 나오고 남편의 좋은 점들이 생각나는 걸까? 나 같은 사람은 이혼을 진행할 수가 없다. 아마 이혼을 진행하는 과정에서 엄청나게 후회할 게 뻔하다.

결혼 첫 10년은 신뢰 프로세스를 형성하는 결정적 시기이다

나는 이혼하지 말고 버티며 살라고 말하고 싶지 않다. 검은 머리 파뿌리가 되도록 함께 사는 것이 더 이상 부럽거나 칭찬받을 미덕이 아니게 되었으니, 이혼하는 것이 더 옳은 선택이라고 판단한다면 이혼해야 한다. 행복하게 사는 것만 생각해도 부족한 결혼생활인데, 이혼에 대해 생각해보라니 그렇게까지 해야 하나 싶다. 그래도 한번 생각해보자. 내가 만약 이혼한다면 어떨까?

이혼할 경우에 당신이 인생에서 감당해야 하는 손해들은 무엇일까? 시간과 돈을 많이 쓰게 되고 큰 정서적 혼란에 빠지게 될 것이다. 무엇보다도 마흔을 앞둔 당신 인생의 중심축이 크게 흔들리게 된다. 중심을 잡아야 하는 나이에 흔들리면 다시 회복되기까지 당신은 무척 힘들 것이다.

이혼하고 재혼해 살고 있는 친구가 했던 말이 생각난다. 친구가 결혼생활을 유지하는데 들였던 노력과 시간을 "1"이라고 한다면, 이혼을 하고 재혼을 하는데 드는 노력과 에너지는 두 사람 곱하기 2가 되어 "4"의 노력이 필요한 만큼 어려운 일이었다고 했다. 이런 어려움을 감당할 각오가 없다면 현재 남편과 함께 노력하며 잘 사는 게 가장 좋은 방법이다.

결혼 첫 10년을 우리가 왜 잘 살아내야 할까? 정과 반으로 생각해보라. 정과 반에 관한 항목들이 차곡차곡 쌓아가다 보면 나름대로 합리적인 계산을 할 수 있다. 부부가 행복하게 살기 위해선 이혼을 깊이이해하고 만약을 위해 준비하는 것이 필요하다. 이혼의 가능성을 패로갖고 진정한 '따로 또 같이'의 삶을 연습하는 것이 첫 10년 동안 필요하다.

02

10년 주기의 "가족이 아닌 남"이라고 생각해라

작년 여름 방송인 김구라가 박슬기 결혼식에서 했던 주례사가 많은 이들의 공감을 받았다. 당시 김구라의 주례 소식에 사람들이 의아한 시선을 보낸 것도 사실이다. 김구라 자신이 재작년 이혼하는 등 순탄치 않은 결혼 생활을 했기 때문이다.

주례에서 김구라는 넥타이 없이 셔츠 차림으로 평상시 입고 다니는 옷을 입었다. 양복을 갖춰 입고 와야 하는 것 아닌가 생각하겠지만, 의미를 나름 부여한다면 결혼 생활은 평생 턱시도나 웨딩드레스를 입은 것처럼 살 수는 없다는 메시지를 전달하고 싶었다고 한다. 결혼은 현실이니 항상 현실 감각을 놓지 않고 살아가라는 의미에서 평상시 옷을 입고 선 것이다.

부부는 가족이 아닌 남이다

특히 부부를 "가족이라 생각하지 말고 남이라 생각하라"는 조언은 현실적이었다. 김구라는 신랑을 향해 "항상 아내를 가족이라 생각하지 말고 평생 남이라 생각하라. 그래야 서로 잘한다. '이 사람은 내 비즈니스 파트너'라고 생각하고 예의를 갖추어야 한다. 가족이라고 생각하면 무리한 요구, 몰상식, 몰이해 등이 빈번하게 벌어지기 때문이다."

신부(박슬기)에게 조언할 때 사람들은 빵 터졌다. "남편이라고 모든 걸 이해하기를 바라면 안 된다. 항상 방송국 제작진, PD라 생각하고 어려워하고 잘 보이기 위해 최선을 다하라"고 조언했다.

가족이니깐 허물없는 사이가 되어야하고 무조건 이해해야할까? 남편은 평생 내 편이 되어준 아빠가 될 수 없고 아내는 평생 날 위해 희생하신 엄마가 되어줄 수는 없다. 김구라의 축사처럼 남편은 내 인생의 비즈니스 파트너다.

남하고 같이 사는 건 쉬운 일이 아니다
'서로를 적당히 남'이라고 생각해라

서로의 행동이 짜증나기도 하고 상처도 받고 그냥 남편이 숨 쉬는 것도 싫을 때가 있었다. 단지 남편과 고성이 오가지 않았을 뿐이다. 그래도 우리 부부의 하루가 지옥 같지 않고 여태껏 잘 살아온 이유는 '서로를 적당히 남'이라고 생각하는데 그 비결이 있었다.

남하고 같이 사는 것은 쉬운 일이 아니다. 예를 들면 내 물건들을 지저분하게 늘어놓거나 옷을 아무렇지 않게 벗어놓을 수도 없고, 먹으면 꼭 치워야 한다. 이러지 않으면 함께 사는 사람이 매우 불편해한다. 친구를 함부로 데려오면 안 되고, 늦게까지 볼륨을 높여 TV를 볼 수도 없다. 이 모든 걸 신경 쓰면서 어떻게 사느냐고 물을 수 있지만, 서로 미안한 일에 대해 미안해하고 양해를 구할 일은 양해를 구하면 된다. 서로를 조금씩 감당하는 것이지 참고 사는 게 아니다.

남편이 나에게 서운하게 생각하는 것이 하나 있는데, 내가 잘못한 일이 생길 때 미안하다고 잘 말하지 않는다는 것이다. 고마운 건 고마운 거고 미안한 건 미안해야 하는데 표현법에서 내가 서툴다는 것이다. 그래서 한때 "고마워. 내가 잘못했어"라는 말을 남편이 자주 말하게 했었다. 가족이 아니고 남이기 때문에 표현해 주어야 하고 서로 주의해서 말을 해야 상대와의 관계가 원만할 수 있는 것이다.

'평생을 함께 할 사이인데 뭐 이런 거 가지고……'

절대로 위에처럼 생각해선 안된다. 평생을 잘 사는 건 무척 어렵고 힘든 일이다. 평생을 잘 살려고 하지 말고 10년 동안이라도 남이라 생각하고 서로에게 예의를 갖춰서 살아야 한다.

03

10년 동안 긴밀하게 친근감을 쌓는
연습을 해야 한다

40년 이상 같이 살아온 노부부들이 이혼하고 있다. 이른바 황혼이혼이 사회현상으로까지 대두했다. 황혼이혼은 이미 신혼이혼을 추월했고, 그것도 꾸준히 증가하고 있다. 황혼이혼을 요구하는 쪽은 남성보다는 여성이 월등히 많다. 남편들은 갑작스러운 아내의 통보에 무척 당황해한다. 그동안 열심히 가족을 위해 살아왔는데, 퇴임 후 노년에 돌아온 건 아내의 이혼청구서와 아내 편에 서있는 자식들이다. 늙어서 아내한테 밥 얻어먹으려면 젊어서부터 잘해야 한다는 말이 더 이상 농담이 아니다.

살만큼 살아오고 같이 정답게 늙어가며 친구가 되어야 되는 우리의 부모세대들은 왜 이혼을 하려할까? 이들은 말한다. 자식들 때문에 참고 살아왔는데, 시집장가 보냈으니 더는 참고 살고 싶지 않다고. 장성한 자녀들이 떠나고 의무감에서 해방된 부부는 "함께"라는 의미가 사라지기 때문에 이혼을 선택한다.

또 재산분할 청구권이 도입되면서 가사노동을 했던 아내들도 이혼 시 재산에 대한 권리를 행사할 수 있게 된 것도 황혼이혼의 증가 원인 이라고 전문가들은 분석한다. 그리고 자식인 우리들도 부모의 폭탄선 언 때문에 충격을 받긴 하지만 그동안 부모님 사이가 어땠는지를 잘 알기 때문에 차라리 이혼이 낫다고 생각한다. 이유가 무엇일까? 근본 적인 문제는 자식위주의 삶을 살다보니 부부간의 친밀감을 충분히 쌓 지 못했기 때문이다.

당신이 64세일 때 누가 당신을 사랑해줄까?

자식 때문에 살아왔다는 부모세대는 은퇴 후 주7일, 24시간을 함께 지내게 되는 새로운 삶을 맞게 된다. 지금까지 이렇게 많은 시간을 단 둘이 함께 보내본 적이 없던 부부사이라 어색하기 짝이 없다. 특히나 아버지는 이 새로운 삶에 적응하는 게 무척이나 어렵다. 부부사이의 멀고도 먼 정서적 거리를 어떻게 좁혀야할까? 자식 때문에 같이 산다 는 것은 이제 정말 너무 힘들고, 함께 보내야 할 시간이 아직 너무 많 이 남아있다.

황혼에 행복하려면 부부의 친밀감이 결혼 후 10년 동안 자연스럽게 연습되어져야 한다. 서로를 위해 주고, 대화도 자주 하는 부부여야 황혼에도 친구가 될 수 있다. 첫 10년의 친밀감 연습을 제대로 하지 않으면 두 부부는 한 사람은 앞에 걸어가고 또 한 사람은 뒤에 따라가는 모습이 될 가능성이 높다.

영국 자선투자기관 NPC가 2013년 발간한 보고서 '내가 64세일 때 누가 나를 사랑해줄까?'에 따르면 건강, 경제력, 관계(부부, 가족, 친구 등)는 노년의 행복을 위한 세 가지 필수요소 이다. 건강과 경제력을 위해 노력하고 고민하는 만큼 인간관계에 대해서도 심각하게 고민해야 한다. 당신이 64세일 때 누가 당신을 사랑해줄까? 100세 시대를 맞은 우리에게 황혼이혼은 무시할 수 없는 과제이다. 부부는 함께 사는 동안 건강하고 친밀하게 지내야한다. 노부부가 팔짱을 끼고 서로를 의지하며 걷는 모습은 언제 봐도 따뜻하다.

노년의 긴밀한 부부 친밀감을 위해서,
공평해야 친구가 될 수 있다

친구 같은 부부가 되려면 무엇을 연습해야할까?
먼저 친구는 동등한 관계라는 점을 인식해야한다. 즉 공평해야 친구다. 육아, 가사는 물론이거니와 부부간의 애정표현, 경제적인 영향력 등이 비슷해야 친구다. 부부 중 한 사람만 희생을 강요당한다면 이것은 친구관계가 될 수 없다. 이는 갑과 을이 존재하는 애인관계이다. 언젠가 한쪽이 혼자만의 희생을 한 것에 억울함을 느끼고 떠나게 돼 있다.

경제적인 영향력도 부부가 공평하다면 함께 이룬 것을 탐하거나 빼앗으려하거나 손해 보았다고 여기지 않을 것이다. 우리는 노년에 나의 남편(아내)과 1년 365일을 같이 보내야 할지도 모른다. 그때는 누구 한쪽만 희생하거나 헌신하며 살 수가 없다. 두 사람은 가장 친한 친구라고 표현해야 맞다. 결혼 초기 공평한 관계를 이루지 못한다면 우리는 황혼에 이르러 생겨난 억울한 감정에 더 이상 이렇게 살 수 없다고 외치며 뛰쳐나갈 지도 모른다.

긴밀한 부부 친밀감을 위해서 부부는 억지로라도 서로에게 표현하며 살아야 한다. 사랑한다고 말하고, 손을 잡고, 서로의 마음 속 이야기들을 두 부부가 털어놓는 연습을 자꾸 해야 한다. 생일이나 기념일은 더 잘 챙겨야 한다. '가족끼리 왜 이래' 가 아니고 가족이니깐 더 축하해주고 의미 있는 선물도 줄 수 있어야 한다. 연애시절 서로에게 느꼈던 감정을 어떻게 회복할 수 있을까 아이디어를 짜보자.

04

첫 10년, 완벽한 대한민국 아줌마가 되려고 하지마라

나는 아줌마다! 느끼게 된 순간은 언제인가?

분명히 그냥 씻으러 욕실에 들어갔는데, 어느 샌가 욕조청소를 열심히 하고 있다. 욕조를 청소하면 세면대도 하게 되고, 그러다 변기도 닦고, 마지막으로 바닥까지 빡빡 솔로 밀고 난 다음에야 마지막으로 내 몸뚱이 씻고 나온다. 이런 내 모습에 스스로 놀라며 나 진짜 아줌마 다 됐구나 느낀다.

아이를 낳으면 아줌마가 되는 건 당연한 데도, 극구 부인하며 지내다가 어느 날 문득 나 진짜 아줌마 다 됐다고 스스로 인정하게 될 때가 있다. 육아맘 카페 맘스홀릭에 올라온 자료 통계에 의하면 이렇게 아줌마임을 인정하게 될 때는 1위 뭘 해도 외모에 신경 쓰지 않을 때, 2위 마트 전단지 비교하며 절약정신이 투철해질 때, 3위 남일 같지 않다며 옆집 아이의 기침 소리를 듣고 배즙을 건네주는 나의 넓어진 오지랖을 느낄 때이다. 그 외에 아줌마라고 부르면 뒤돌아보게 될 때, 나보다 남편-아이가 우선이 됐을 때라고들 한다.

대한민국 아줌마 가슴을 울린 광고가 있다. 박카스 아줌마편 광고 '대한민국에서 아줌마로 산다는 것'이다. 이 광고에 나오는 아주머니는 남편이 출근할 때 입을 벌리고 소파에서 비몽사몽 자느라 출근인사도 못해준다. 갑자기 무언가에 홀린 듯이 정신을 차리고 일어나 두 사내아이를 깨우고 먹이고 씻긴 다음 한 손에 한 아이를 안고 뛰어가 유치원차에 태운다. 마트에 가서는 생수 6개 정도는 번쩍번쩍 들고 하루종일 집안일 하다 이제 좀 쉬려고 소파에 누웠는데 퇴근한 남편은 아침과 똑같은 상태로 소파에 누워있는 아내를 한심하게 쳐다보며 "아줌마 또 자?" 이렇게 한 마디 한다. 이어지는 아주머니의 실소를 보면서 '그래, 나만 이렇게 사는 게 아니지'라는 위로와 함께 대한민국 아줌마의 폭풍 공감을 받았던 그 광고다.

아내의 하루를 모르는 남편들이여!
당신의 아내가 게을러서 소파에 대(大)자로 누워있는 게 아니다. 집에 있으면 시간이 어찌나 빠르게 가는지, 회사 다닐 땐 열심히 일한 것 같은데 겨우 오후 3시다. 아침에 아이들을 정신없이 보내고 나면 금방 또 돌아올 시간이다. 아내도 정말 바쁘다.

못 견디는 사람이 하게 돼 있어

어느 날 급히 작성할 제안서가 있어 이른 오전 커피숍에 자리를 잡고 앉았다. 집에 있으면 눈에 보이는 것들에 먼저 손이 간다. 어질러진 거실이 눈에 밟히고, 설거지도 해야 되고, 무작위로 던져진 빨랫감들을 보면 세탁기 돌리고, 그러다보면 또 널어야 되고, 냉장고 열면 빨리 먹어야 될 야채들이 눈에 밟혀 뭐라도 만들어놓게 되고, 그렇게 오전 시간이 다 가버리는 경우가 다반사다. 그럴 땐 그냥 눈 딱 감고 집을 떠나는 것이다. 어차피 집안일은 시작하면 끝이 안 보인다. 하지만 안 하기 시작하면 그냥 넘어가도 그럭저럭 살아지는 것이 가사니 바쁠 때는 그냥 눈 지그시 감고 안 한다.

그러면 신통방통한 일이 생기는데 늘 피곤에 절어 움직이지 않던 남편이 움직인다. 물론 아내에게 잔소리를 늘어놓는 부류의 남편들도 있지만, 나랑 10년 가까이 살아온 남편은 이젠 제법 눈치 있게 행동한다. 남편은 '그래, 또 바쁘구나. 내 차례네'라고 여기며 한다. 남편은 출근 전 일찍 일어나 쌓여있는 설거지를 해놓고 나가거나, 본인이 가장 잘하는 계란찜을 만들기도 한다. 또 내가 빨래를 돌려놓고 잠들다 깨면 어느새 빨래가 널려있고 아이들 가방에는 다음날 필요한 준비물들이 잘 담겨져 현관 앞에 놓여있기도 한다. 그런데 남편이 처음부터 이런 사람은 아니었다.

결혼 초 남편이 집에 있을 때, 양손에는 늘 찍찍이가 들려있었다. 바닥의 머리카락을 그냥 넘기질 못했다. 남편은 시시때때로 찍찍이를 바닥에 굴리고 다닐 만큼 깔끔한 성격이었고, 나는 그런 남편의 행동이 얄미워 이렇게 말했다. "그럴 거면 그냥 청소기를 밀어. 찍찍이로 하지 말고!"

또 남편은 바닥에 뭐라도 묻어있거나 떨어져있으면 그냥 넘기는 스타일이 아니었다. "이게 왜 여기 있어? 여기 묻은 거 뭐야? 뭘 한 거야?" 난 정말 화가 나서 견딜 수가 없었다. 그냥 모른 척 넘어가는 법이 없고, 잔소리 없이 치워주는 적도 없었다. 밖에서 강의로 말을 많이 해 빨리 쉬고 싶은 날도 남편은 사소한 것도 그냥 넘기지 못하고 묻고 질문하고 이유를 알고 싶어 했다. 그야말로 눈치가 없어도 너무 없고, 얄밉고 못생긴 대마왕이었다.

난 친구에게 하소연을 했다. 내 이야기를 가만히들은 친구는 한마디 던졌다. "네가 그냥 내려놔. 치우지 말고 내버려둬. 그런 성격은 견디고 견디다 결국 본인이 못 견뎌서 자기가 해. 안 그러면 평생 네가 해야 되는 거야."

난 정말 내려놨다. 내 몸이 더 이상 따라주지 않기도 했다. 내려놓고 최소한의 것들만 했다. 그런데 친구말대로 남편이 못 견뎌했다. 잔소리도 끝이 있는 법, 본인 잔소리에 본인이 지쳐 직접 하기 시작하더니 "아, 너무 힘들다. 그냥 대충하고 살자"라는 말이 저절로 본인 입에서 나왔다. 난 너무 웃겼다. "거봐, 쉬운 게 없지? 못 견디는 사람이 하는 거야. 자기가 해봐야 힘든 걸 알지" 그날 이후로 우리 부부는 대충⑵하고 산다. 내가 못하면 남편이 하는 거고, 남편은 자기도 못하는 걸 더 이상 나에게 잔소리로 압박하지 않는다. 그냥 못하고 사는 거다.

여우가 된 아줌마, 필살기 갈고 닦기

대한민국 아줌마는 때론 너무 완벽하다. 내 주변에도 완벽한 아줌마가 여럿 있다. 너무 완벽하게 잘해온 탓에 남편들의 기대치를 너무 높인 건 아닐까하는 생각이 들 정도다. 당신이 행복한 결혼생활을 원한다면 완벽해야 한다는 생각, 이왕이면 잘해야 한다는 생각, 이 모든 강박관념을 버려야 한다.

예를 들어 결혼 초에 시댁에 너무 잘하려고 애쓰면 시댁의 기대치가 높아지게 마련이다. 시간이 갈수록 그 기대치는 더 높아져 원래 하던 대로 안 하거나 실수라도 하면 반드시 욕을 먹는다. 그러니 절대 무리하지 마라.

그렇다면 조금 더 똑똑해져볼까? 남편을 아줌마 필살기로 길들여보자. 시기가 중요하다. 다 길들여놓고 바꾸려고 하면 힘들다. 처음 결혼 10년 동안 남편과의 기싸움에서 이겨 그를 진짜 내 짝꿍으로 만들어야 한다.

어떻게 하는 게 현명할까? 먼저 상대를 잘 이해하고 그에 맞는 필살기를 개발해야 한다. 혹 남편과의 전쟁이 두려운가? 그러면 당신은 평생도록 남편(혹은 아내)에게 맞추고 살아야 한다. 부부간의 잠깐의 전쟁을 치르게 될지라도 지혜롭게 필살기를 발휘해야 한다. 제대로 바가지를 긁어 평생 편안한 짝꿍으로 살아가는 게 맞다. 전쟁 따위는 두려울 게 없는 대한민국 아줌마다. 당신이 결혼 10년을 잘 살아야 하는 또 다른 이유다.

05

튼튼한 집을 짓기 위해
땅을 파는 시간이다

　내가 사는 아파트 단지 옆에 또 하나의 대단지가 들어섰다. 모델하우스 앞은 길게 줄 선 사람들로 북적였다. 그러다 한동안 밖에서는 안에서 무엇을 하는지 알 수 없게 높게 천막을 쳐놓고 "공사 중"이라는 팻말만 붙었다. 그 안에서 무엇을 하는지 건설공사를 모르는 나로서는 한동안 관심조차 갖지 않았다. 처음엔 중장비들이 동원되어 한참동안 땅을 파더니 땅 아래에서 작업이 오랫동안 진행된다. 얼마 후 시멘트를 붓더니 철물들이 쭉쭉 뻗어있는 게 보인다. 어느새 2층까지 지었네 싶더니 아파트 형체가 생기고 어느덧 공사가 끝나 입주 날이 다가왔다. 청소를 하고, 나무를 심고, 도로를 정비하고, 여기저기 시멘트를 입히고, 주변에 상가 건물들이 생겨나고 부동산들은 활기를 띠고 곳곳에 매매와 전·월세 전단지들이 붙어 있다. 이 아파트는 인근 아파트

중 가장 최근에 지어진 아파트로 이사 가서 살고 싶다는 느낌이 들만큼 매력적이다. 집을 지을 때도 다른 사람들은 잘 알지도 못하고 관심도 없는 땅을 파는 시간이 필요하다. 그런 시간을 거친 후에야 새 아파트가 서게 되는 것이다.

우리는 결혼 초 많은 것들을 함께 해나가야 한다. 서로 다른 환경에서 자라온 두 사람이 의사소통의 방식을 맞추고, 갈등에 대처하는 서로의 방식을 이해하도록 노력해야하며, 배우자 가족과 어렵고 때론 어색한 관계를 이어가야 한다. 또 육아와 가사에 대한 역할도 부부는 매일매일 미션을 수행하듯 수행해야 한다.

그렇게 바쁘게, 정신없이 일상이 채워지지만 부부에게 결혼 첫 10년은 튼튼한 집을 짓기 위해 땅을 파는 시간과도 같다. 두 부부가 함께 살 튼튼한 집을 위해 조용히 땅을 파는 시기이다. 땅을 제대로 파 제대로 기초공사를 하지 않고 지은 건물은 언젠간 균열이 가고 기울어 더 이상 살 수 없게 된다.

땅 속에 자갈만 있는 게 아니야

우리 부부는 결혼 후 몇 년 동안 전주에서 살았다. 처음엔 몇 년만

살면 되지라는 가벼운 마음으로 내려갔다가 호된 고생을 해야 했다. 서울 여자, 서울 남자가 결혼해 갑자기 지방 살이를 하려니 혼란스러웠다. 익숙한 곳은 아무데도 없고, 아이가 어려 집 밖에서 누군가를 만나기도 쉽지 않았다. 친화력 좋은 나에게도 진정한 고립이 시작되었던 것이다. 그 시기에 우리 부부는 많이 흔들리고 서로 다투었다. 난 외로움과 우울증에 힘들었고, 가장 바쁜 시기의 남편도 가정과 일 사이에서 무척 괴로워했다. '그때 생활 다시 할 수 있겠어?'라고 누군가 묻는다면 한 번은 멋모르고 했지만 두 번은 절대 못할 거라고 대답할 것이다. 지금 우리 부부는 그 시기를 두고 이렇게 말한다. '정말 아무도 안 보이게 땅을 팠던 시간이라고……'

땅을 파면서 너는 왜 파지 않고 나만 파느냐고 서로를 탓했고, 힘들면 파지 않으면 될 거 아니냐고 서로에게 책임을 전가했었다. 외롭고 화가 난 나는 아이를 데리고 친정으로 올라와 한동안 지냈던 적도 여러 번이었다. 땅 속에 자갈이 너무 많다고 불평했었고, 더 단단한 삽은 없냐고 남편을 탓했다. 그러다 날 힘들게 하는 것들이 점차 줄어들면서 조금씩 내 마음의 시야는 넓어졌다.

나.쁘.지.만.은 않았어

땅을 파다보니, 어느 순간 땅 속의 보물들이 보이기 시작했다. 그 땅은 보통 땅이 아닌 것이었다. 우리가 털썩 주저앉은 땅은 신기하게 도 많은 보물들이 숨어있었다. 우리 부부가 생각하지 못했던 주변 사람들의 도움을 받게 되고, 새로운 사람을 만나게 되고, 고집스럽고 잔소리 많던 남편은 집안에서 많은 일을 돕고 이해하고 품어주려 노력했고, 나 역시 남편의 힘듦이 안쓰럽게 보였다. 그 안에서 아이들이라는 보물이 무럭무럭 자라 조금씩 빛을 내주면서 우리는 웃음을 회복했고 마음의 평안과 안정감을 다시 찾게 되었다.

땅을 다 파고 발로 다지면서 "우리 진짜 수고했다. 정말 고생했어. 우리가 전주 안 왔더라면 절대 몰랐을 게 참 많았어. 전주살이도 그렇게 나.쁘.지.만.은 않았어." 지금 우리는 그동안 열심히 파온 땅에 지을 집을 꿈과 상상력으로 디자인하고 있다.

당신은 결혼 첫 10년을 어떻게 보내고 싶은가?
친구 같은 부부가 되고 싶은가?
서로의 부모에게도 자식 같은 사람이 되고 싶은가?
늘 연애하는 마음으로 살고 싶은가?

자식에게 '우리 엄마아빠가 최고예요' 라는 말을 듣고 싶은가?

그러면 일단은 부부가 둘이서 10년 동안 땅을 파야한다. 다른 사람한테 도와달라고 하지 말고, 오로지 부부 둘이서 땅에 들어가야 한다. 그 안에서 협동하고 때론 갈등하면서, 자갈도 걸러내고 쓰레기들도 빼내야 한다. 공사를 위해 땅을 파다 선조들이 남긴 귀한 유물들을 발견하는 일이 당신 부부에게도 일어날 수 있다. 두 부부가 파는 땅이 많은 보물들이 묻혀있는 유적지일 수도 있다. 일단 파기 시작해야 알 수 있다. 결혼 첫 10년이 바로 이 과정이다. 결과는 모르지만, 일단은 땅을 부지런히 파야 하는 시기이다.

06

내 편이 아닌 동업자 (co-worker)를 위한
파트너십을 형성하라

어느 날 남편이 아이들과 놀이터에서 함께 놀아주고 들어와 묻는다. 평소 남편은 아파트 아줌마들의 대화에 관심이 많다. 남편 귀에는 아줌마들의 대화 내용이 자연스럽게 잘 들릴 수밖에 없다고 한다. 그런 날이면 나에게 되물어본다. 그날 남편은 아내들이 남편들과는 다른 재미있는 현상을 하나 발견했다며 흥미로워했다.

"여자들이 '우리 신랑' 이라는 표현을 많이 쓰네. 자기도 그래?"

그러고 보니 나도 다른 사람들 앞에서 남편을 표현할 때 '우리 신랑' 이라는 말을 사용했던 것 같다. 그런데 그 표현이 신랑 귀에는 신기하게 들린 모양이다. 이유는, 남자들은 다른 사람들 앞에서 '우리 신부' 라는 표현을 하지 않는다는 것이다. 보통 '아내' 혹은 '집사람' 이라는 표현이 일반적이다. 여자들에게 "우리 신랑"이라는 표현은 자연스러워 보이는데, 남자들은 "우리 신부"라는 표현을 다른 사람 앞에선 쓰지 않는다. 남편과 아내의 서로 다른 호칭이 주는 의미는 무엇일까?

부부의 호칭은 역할에 대한 규정과 의미를 담고 있다

결혼하고 부부는 역할의 변화를 겪는다. 처음에는 남자친구 혹은 여자친구, 즉 애인이다. 이때의 두 사람에게 부여되는 애인이라는 호칭에는 갑과 을이 존재하는 경우가 많다. 즉 더 좋아하는 사람과 덜 좋아하는 사람. 덜 좋아하는 사람이 당연히 갑이 되어 이기는 관계이다. 그러다 두 사람이 예비부부가 되어 결혼을 준비하면 신랑, 신부라는 호칭이 부여된다. 나 역시 첫 웨딩드레스를 입으러 간 샵에서 신부님 이라는 표현을 듣고 무척 어색했던 기억이 있다.

그러다 아이가 태어나면서부터 부여된 OO아빠, OO엄마는 누군가를 책임지는 보호자가 되었음을 의미하고 예전엔 경험하지 못한 무게감을 느끼게 한다.

남자·여자 친구에서 신랑·신부, 그리고 아빠·엄마. 그러다가 진짜 내 편 같은 남편이 되든 남 같은 남편이 되어버리든 이 모든 과정을 거치는데 필요한 시간은 10년 정도이다.

여자에게 "우리 신랑"이 익숙한 이유는, 아직은 남들에게 신부라 불리던 시절의 풋풋함을 간직한 채 여자로 남고 싶은 기대가 있기 때문이다. 남자에게 익숙한 "아내 혹은 집사람"은 여자에게 결혼 전과는 완전히 다른 새로운 역할에 되도록 빨리 적응해달라는 남자들의 바람이 은밀히 묻혀있는 호칭일지 모른다.

서로가 가장 편하게 부르면 되지 무엇이 문제가 되느냐고 생각할지 모르지만 호칭은 단순히 부르는 이름이 아니라 역할에 대한 규정과 의미를 담고 있다. 자기에게 붙여진 호칭의 의무와 책임을 다하지 않는다면 서로간의 파트너십이 형성되기는 어렵다. 누군가를 부르는 호칭을 통해 그/그녀가 그 호칭이 부여하는 역할을 해주길 기대하게 되기 때문이다. 혹시 당신이 결혼한 부부라면, 아내를 혹은 남편을 어떻게 부르고 있는가? 당신이 매일 부르는 그 단어가 뜻하는 바대로 배우자가 되어가고 있다는 걸 알아야 한다.

동등한 동업자(co-worker)로서의 부부의 팀워크

결혼 첫 10년 동안 부부가 서로에게 붙여주도록 노력해야 할 중요한 호칭은 동등한 동업자(co-worker)를 의미하는 '파트너'이다. 파트너라는 호칭은 그냥 부여되지 않는다. 적어도 한 가지 이상은 무언가를 함께 겪으면서 갖게 된 신뢰가 있어야 파트너라고 불러줄 수 있다. 10년은 살아봐야 여러 문제들을 해결하는 데 필요한 노하우들을 쌓게 되고 부부 간의 갈등 해소를 위해 필요한 커뮤니케이션 스킬들이 쌓이다.

난 첫 아이가 돌이 될 때까지 친정엄마의 도움을 무척 많이 받았다. 100일 될 때까지 단 하루도 거르지 않고 아이의 목욕은 친정엄마가 해주었다. 아예 친정집에 들어가 살았다고 보는 게 맞다. 그러나 몇 년간 전주에 살게 되고, 둘째가 태어나면서 우리 부부는 큰 혼란에 빠졌다. 그야말로 앞으로는 첫째를 안고 뒤로는 둘째를 업고서 손이 왜 두 개밖에 없는지 원망스럽게 느껴지는 순간들을 직면하게 되었다.

이 과정에서 남편과 나는 참 많이도 싸웠다. 남편은 자기가 돕고 싶지 않아서가 아니라 가사와 육아에 시간을 많이 쓰다보면 현실적으로 제대로 된 직장생활을 하기 힘들다고 호소했다. 즉 자기에게 기대지 말라는 것이었다. 나는 남편의 이런 대답에 이러지도 저러지도 못하고 많은 날들을 혼자 끙끙댔고 나의 상황에 분노까지 느꼈다.

그렇게 1년의 시간을 서로 싸우며 우리부부는 우리 상황에 맞는 답을 찾아갔다. 지금 우리가 직면한 모든 문제에 주변의 도움을 받을 수도 없을뿐더러, 당장은 도움을 받는다 해도 결국 우리 둘이 해결하지 않으면 안 된다는 것을 알았다. 그 과정에서 어쩔 수 없이 싸움은 계속되었다. 이 치열한 싸움을 이어가면서 우리는 나름의 방도를 찾았다.

우선 내가 새벽에 집을 나서야하는 지방강의 일정이 있는 날은 남편이 아침에 아이들을 챙겨주겠다고 했다. 엄마가 없는 아침을 혼자 감당해보겠노라고... 남편은 아이들이 일어나기 전 출근 준비를 모두 마치고, 두 아이가 깨어나길 비장한 마음으로 기다렸다고 한다. 아이들이 깨면 그때부터 씻기고, 먹이고, 입히고, 어린이집에 데려다주고 출근해야 했다.

나는 사실 너무 걱정이 되었다. 남편 또한 무척 힘들어 했다. 그야말로 멘붕이라고 했다. 그런데 4번, 5번이 지나자 남편이 나없는 아침 정도는 이겨낼 수 있게 되었다. 나에게는 무척이나 반가운 일이었다.

이렇게 조금씩 남편은 엄마 없이 아이들과 시간을 보내는 것에 용기를 갖게 되었다. 남편의 용기와 우리 부부의 팀워크로 나는 워킹맘을 유지할 수 있었고, 경제적인 안정도 이룰 수 있었다. 지금의 내 모습과 우리 가족의 양육시스템에 남편도 만족감을 느낀다.

파트너십의 전제조건은 상대의 영역을 존중해주는 것이다

나는 아무것도 상대에게 주지 않으면서 내 편이 되어달라 요구하는 건 부모자식 간에나 가능한 일이다. 남편은 내 자식이 아니기 때문에 그가 내게 도움을 주면 나 또한 그에게 도움을 줘야하는 관계다. 부부는 계약관계다.

남편이 밖에서 일을 하고, 아내는 가정을 돌보는 것 역시 좋은 동반 관계다. 파트너십의 전제 조건은 상대의 영역을 존중해주는 것이다. 남편인 내가 돈을 벌기 때문에 자만해도 된다거나 목소리를 크게 내도 된다고 생각한다면 파트너십이 아니다. 아내가 집에서 수고하고 애쓰는 것을 존중하고 인정해준 후에야 내가 필요한 도움을 아내에게 구할 수 있는 것이다.

한 가족 안에서 서로가 가장 잘 할 수 있는 역할을 맡고, 상대의 역할 중 내가 도움을 줄 수 있는 부분이 있는가 관심을 갖고 적극적으로 도와야 부부 간의 파트너십을 구축할 수 있다. 결혼 첫 10년 동안 부부는 무조건 상대에게 내 편이 되어 달라 요구하지 말고 서로에게 좋은 파트너가 되어주는 방법을 익히고 실천해나가야 한다. 결혼식을 치르고 난 직후부터 10년 동안은 부부가 필연적으로 많은 문제와 부딪치면서 서로에게 최고의 파트너가 되기 위해 연습할 최적의 시간이다.

07

대체 왜 결혼해놓고 그토록 싸우는 걸까?

남편과 한바탕 말다툼을 했다. 지친 남편이 묻는다.

우리 왜 이렇게 싸워야 되는 거야?
우리가 싸우는 이유가 '못살겠다, 이혼하자'가 아니잖아.
우리 잘 살려고 싸우는 거 맞지? 응? 그런 거지?

갑자기 어안이 벙벙해진다. 싸울 때는 한걸음도 물러서지 않던 남
편이 우리가 싸우는 이유가 잘 살기 위해 싸우는 거라니. '그럴 거면
우리 왜 싸우는 거지?' '이렇게 싸워서 뭘 얻자는 거지?' 헷갈린다.
'이 싸움에서 내가 이긴 거야 진 거야?' 겉으로는 내가 이긴 것 같지만
실은 남편이 이겼다. 잘잘못을 가리려고 분노에 휩싸여 싸우는 나와는

달리 잘 살려고 싸우는 사람을 이길 방법은 없다. 부부 간의 묘한 권력 구조에서 내가 이긴 것 같지만 사실은 패배다.

너무 다른 우리, 그러나 외계인이랑 사는 것도 재밌어.
외계인과는 싸우지 않아. 신기하게 바라볼 뿐.

남편과 나는 공통의 관심사가 별로 없다. 좋아하는 것, 관심 갖는 것, 그리고 식성도 다르다. 정말 아주 많이 다르다. (나) "우린 만나지 말았어야 했나봐. 너무 달라. 어쩜 이렇게 다 다를까?" (남편) "그러니까 우리가 합이 좋은 거야. 같은 걸 뺏으려고 싸우지는 않잖아. 난 네가 좋아하는 것들엔 관심 없다. 그냥 네가 다 가져가"

공통된 취미가 부부 사이를 유지시켜준다는 말에 비추어보면 우리는 맞지 않다. 남편은 몸을 움직이고 땀을 흘리는 것 자체를 좋아하고, 난 숨쉬기만으로도 운동이라 여기는 사람이다. 남편은 애매하고 두루뭉술하게 말하는 것을 무척 싫어하고 매사에 명확한 걸 좋아한다. 반면 난 감성적이고 분명한 이유가 없어도 내가 좋으면 좋고, 옳다고 여기는 사람이다. 남편은 고기를 무척 좋아하고 생선조차도 비린내가 난다는 이유로 잘 먹지 않는다. 반면 난 비싼 한우 고기도 핏기 없이 바싹 익혀야 먹을 수 있고, 해산물을 무척 좋아한다. 회가 먹고 싶어도 남편과는 먹으러 가고 싶지는 않다. 분명 회 때문에 배가 아픈 것 같다느니, 아무래도 상한 것 같다느니 이상한 소리를 할 게 뻔하기 때문이다.

결혼생활에 관련된 여러 책들을 읽어보면 실제 내가 겪은 결혼생활로는 동의할 수 없는 점들을 발견하게 된다. 한 예로 부부간의 공통의 취미를 만들라고 말하지만, 공통의 취미가 없는 우리 부부는 9년 동안 재미있게 잘 살고 있다. 노년이 되어 서로가 함께 지내야 하는 시간이 많아질 때, 그때는 공통의 취미가 필요할 것 같기도 하다. 그러나 지금은 서로를 먼 우주에서 온 외계인마냥 신기하게 바라보면서 사는 것도 색다른 세계를 맛보는 맛이 있어 재미있다. 적어도 결혼 10년차까지 공통의 취미 생활은 없어도 된다. 서로를 탐색하고 이해하는 것만으로도 새롭기 때문이다.

그리고 또 한 가지가 있다. 부부는 비밀이 없어야 한다고 하지만 난 비밀이 어느 정도(?) 있는 우리 관계가 마음에 든다. 남편의 경우는 잘 모르겠지만 난 남편에게 나의 모든 것을 다 알려주지는 않는다. 모든 것을 다 알아야 좋은 부부인 것은 아니다. 모든 것을 다 아는 것 같아도 마음의 거리가 있다면 모르는 것보다 못하다. 30년 이상은 살아봐야 비밀이 없다고 말할 수 있는 것 아닐까? 결혼 10년차는 아직 멀었다. 비밀이 조금 있어도 된다.

결혼 10년은 권력게임의 규칙과 벌칙을 만드는 시기이다

부부는 서로 다르기 때문에 싸우고, 그리고 상대가 내 말대로 해주길 바라기 때문에 이기고 싶어 하고, 그러다보면 넘지 말아야 될 서로의 영역에 대해 비난을 한다. 그러다 어느 순간 느끼게 될 것이다. 싸워서 뭘 얻게 되는 거지? 권력구조상 이긴다고 해도 혼자서는 아무것도 할 수 없다. 결국 서로에게 손을 내밀 수밖에 없다.

그런데 위에 앉은 사람이 주인 노릇만 하려고 하거나, 하인은 계속 하인으로만 남아있으면 문제가 생기게 된다. 주인도 하인도 상황에 따라 유연하게 바뀔 수 있어야 하고, 주인이지만 하인의 역할도 하려할 때 좋은 구조가 된다. 한 쪽만 계속 이기는 권력게임은 상대뿐 아니라 나까지 지치고 무력감이 들게 만든다.

그렇다면 상황의 룰을 정해둘 필요는 있다. 언제 어떤 상황에서는 누가 주인이 될지를. 살면서 부딪히고 갈등을 겪어보면서, 어떤 시점과 상황에서 두 사람이 대립하고 권력다툼을 하게 되는지를 알아야 한다. 그런 후 게임의 승자와 패자를 정할 규칙을 만들고, 패자에게 내릴 벌칙도 만들어야 한다. 결혼 10년은 바로 권력게임을 통해 앞으로의 결혼 생활에 대한 규칙, 승자에 대한 보상과 패자에 대한 벌칙을 정하는 시기가 되어야 한다.

다람쥐 쳇바퀴 돌 듯 늘 같은 문제로 싸우고, 이기는 사람만 늘 이기고 지는 사람만 늘 지는 게임이 아니라 이길 때도 있고 질 때도 있는 게임의 규칙들을 만드는 시기이다. 혼자만 늘 이긴다면 무슨 재미가 있겠는가? 이겼다면 이긴 것에 대해 상대에게 생색을 내라. 강한 벌칙으로 상대를 곤란하게도 만들어봐라. 그래야 이긴 맛이 난다.

단지 이기기 위한 싸움이냐, 행복을 위한 싸움이냐? 부부 간의 싸움은 더 행복하게 잘 살기 위해 싸우는 것이어야 한다. 이 점을 부부가 결혼 첫 10년 동안 확고히 해야 한다.

"

한 아이가 태어나면 아이의 신체적, 정신적,
인지적 발달 단계를 예측할 수 있다. 모든 아이들이 발달의 각 단계를
아무 탈 없이 통과하는 것은 아니다.
각 단계마다 아이 스스로 해결해야할 과제가 있고 부모가 돕고
이끌어주어야 할 부분이 있다.
아이가 각 단계에서 어려움을 겪더라도 스스로 해결해 나가도록
부모가 이끌어야 아이가 성숙한 인간으로 성장해나갈 수 있다.
결혼생활에도 이와 같이 단계들이 있다. 내가 지금 어떤 단계에 와 있고
이 시기에 필요한 과제들은 무엇인지 체크하는 것이 꼭 필요하다.

"

Chapter
03

결혼 전에는
몰랐던 문제들

결혼 전에 상대방에 대해 많이 알아야 할 필요가 있다.
이러한 문제들은 앞으로 결혼을 유지하는데에도 큰 영향을 주기 때문이다.

01

(예비부부들에게)
결혼 전에 물어야 할 10가지 질문

'난 주변에서 뭐라 해도 이 사람을 사랑하기 때문에 결혼한다'고 생각하는 것은 오히려 독이 될 수 있다. 로미오와 줄리엣처럼 주변 사람들의 반대를 무릅쓰고 결혼을 한 부부가 오히려 이혼할 확률이 더 높기 때문이다. 사랑에 눈이 먼 두 사람은 결혼 후에 부딪힐 현실적인 문제들과 장애물들을 객관적으로 판단하기가 어렵다. 혹 당신이 결혼하려는 사람에 대해 주위에서 반대가 있다면 (드라마의 남녀주인공들은 잊어버리고) 더욱 냉정하게 그 결혼에 대해 심사숙고해야 한다.

결혼 전 서로에 대한 충분한 탐색이 있어야 한다

30대 중반, 내 친구는 그동안 열심히 직장생활하며 모아두었던 돈으로 생애 첫 자동차를 샀었다. 그리고 자동차 동호회에 가입했고, 동호회 활동 중 만난 M씨와 불타는 연애를 시작했다. 남자는 친구에게 매우 헌신적이었다. 친구는 자기를 위해 죽어줄 수도 있는 남자라고 나에게 소개했다. 그 당시 회사를 관두고 인터넷 쇼핑몰 사업을 막 시작한 친구는 출장을 많이 다녔는데, 남자는 시간 날 때마다 기꺼이 운전기사가 되어주었고, 자잘하고 어려운 사업문제를 해결해주며 사랑을 키웠고 결혼을 준비했다.

하지만 친구의 엄마는 두 사람의 결혼을 강하게 반대했다. 이유는 남자의 조건이 딸에 비해 못하다고 생각했고 무엇보다 인상이 너무 안 좋다는 것이었다. 그녀의 친구들은 엄마가 반대하는 결혼은 이유가 있으니 다시 한 번 생각해보라고 했지만 그녀는 다른 사람 때문에 남자친구와의 관계를 재고할 수는 없었다. 친구는 반대하는 엄마의 마음을 이해할 수 없었고, 심한 반대 끝에 결국 결혼식을 올렸다. 결혼식 당일 친구의 엄마는 원래 참석하지 않겠다고 했으나 마음을 바꿔 식에만 참석하였다.

친구 엄마는 '결혼식은 허락하지만 혼인신고는 절대 하지 말라' 고 말하며 신부대기실에 앉아있는 딸을 넋 나간 듯이 바라보았다. 친구인 나에게도 '이 결혼 좀 말려 달라' 고 눈물을 흘리며 말했다. 나는 잘 살 테니 걱정 말라고 위로해드렸지만 결국 엄마의 예견대로 두 사람은 결혼 6개월 만에 이혼 소송 진흙탕 싸움에 들어갔다.

결혼해서 3년 미만 특히 1년 전후의 짧은 결혼생활 후 이혼하는 비율이 급속히 증가하고 있다. 서로 사랑하고, 서로 뭐든 다 해 줄 것 같아 결혼했는데 1년도 안 돼 이혼에 이르는 부부가 많다. 결혼은 사랑을 전제로 하지만 결혼 전 서로에 대한 충분한 탐색의 기간이 있어야 한다. 이는 연애기간과는 무관하다.

결혼을 결심하기 전, 서로가 충분한 대화를 통해 결혼 결정을 해야 함에도 상대의 집안, 재정, 직업, 나에게 잘해준다는 막연한 기대심리만으로 쉽게 결정을 내리는 것은 위험하다. 짧은 결혼생활을 하고 이혼하는 두 사람은 성격 차이 때문에, 혹은 신뢰가 무너져 이혼한다고 하지만 결혼생활 과정에서 문제가 발생했다기보다는 결혼 전 배우자 선택 자체에 문제가 있었다고 봐야한다.

결혼 전 물어야할 10가지 질문

부부가 수십 년을 같이 살아가면서 무언가를 계속 숨기기는 쉽지 않다. 결혼 결심 전에 충분히 대화하기를 꺼린다면 살아가면서 실망하거나 좌절하는 순간을 경험하게 된다. 다음에 제시되는 질문들은 처음에는 어색할 수 있고, 또 매우 사적이기 때문에 솔직한 대화로 이어지기가 어려울 수 있다.

하지만 결혼 전에 상대방에 대해 가능한 한 많이 알아야 할 필요는 있다. 연봉, 자녀, 종교, 금전적인 문제 등을 쉽게 생각하고 넘어가선 안 된다. 이러한 문제들은 앞으로 결혼을 유지하는 데에 결정적인 영향을 주기 때문이다. 상대방에게 문제가 있다면 이를 제대로 알아야 하고, 내 쪽에서도 상대방에게 비밀을 털어놓을 것이 있다면 더 늦기 전에 말해야 한다.

아래 제시한 질문들은 2016년 5월, 뉴욕타임즈에 실린 "결혼 전에 물어야 할 13가지 질문"을 참고로 작성했다. 10개의 기본 질문을 바탕으로 추가 질문들을 이어가며 깊이 있고 진실한 대화를 결혼 상대자와 나눌 수 있길 바란다. 그런 후에 당신과 이 사람과 결혼할 지를 결정해라.

결혼 전 물어야할 10가지 질문은 다음과 같다

1. 당신의 가족은 의견 충돌이 있을 때 물건을 던졌나, 차분하게 이야기를 나눴나, 아니면 입을 다물고 문제를 회피해버렸나?

이 질문을 통해 상대가 부모의 갈등 해결 방식을 모방할지, 부모의 방식 대신 다른 길을 택할지를 알아볼 수 있다.

2. 아이를 낳을 것인가? 아이가 생긴다면 직접 기저귀를 갈아줄 수 있는가?

자녀 계획에 관련된 질문을 주고받을 때, 상대가 듣고 싶어 할 것 같은 말만 하지 않는 것이 중요하다. 예를 들어 결혼 후 아이를 원하는가?, 낳는다면 몇 명이나 낳을 것인가?, 어느 시점에서 아이를 갖길 원하는가?, 부모로서 자신의 역할에 대해 비전을 갖고 있는가? 등 이다.

3. 나의 빚은 너의 빚, 나의 채무를 갚아줄 용의가 있는가?

채무 상황을 공개하는 것은 매우 중요하다. 그리고 재정 공유 방식에 대해 이야기하는 것도 매우 중요하다. 하지만 많은 예비부부들은 제대로 대화를 나누지 않는다.

이에 해당하는 질문은 자산을 각각 관리하기를 원하는가?, 각자의 소득은 얼마인가?, 소득에 맞게 어떻게 결혼생활의 예산을 꾸릴 것인가?, 그리고 중요한 (상대에게 채무가 있다면) 갚아줄 용의가 있는가? 채무를 어떻게 갚아나갈 것인가? 이야기를 나누어야 한다.

4. 자동차 한 대, 신 발 한 켤레에 쓸 수 있는 최대 액수는 얼마인

가?

경제관념과 소비성향을 알아볼 수 있는 질문이다.

5. 상대가 나 없이 혼자 하는 것들을 받아들일 수 있는가?

부부는 동반 관계를 쌓아가길 원하면서도 삶의 일정 부분에서 개인의 자율성·독립성을 지키려고 한다. 상대에게 언제 혼자 있고 싶은지를 묻고, 내가 어떤 신호를 보내면 혼자 있게 해달라고 요청할 수도 있다.

6. 상대의 부모를 좋아하는가?

자기 부모의 장점과 단점에 대해 잘 생각해보는 것은 배우자와 일상을 계획하고 친밀감을 쌓는 데 중요하다. 만일 배우자가 자기 부모와의 문제를 적극적으로 해결하지 않으려 한다면 이는 멀리 내다봤을 때 부부관계에서 장애로 나타날 수 있다.

7. 포르노 시청에 대한 상대의 의견은?

두 사람의 성적 기대치에 대한 질문이다. 포르노에 대한 생각을 대놓고 물어봐라.

8. 상대가 나에 대해 존경하는 것은 무엇인가? 견디기 어려운 점은

무엇인가?

결혼이란 평생을 약속하고 죽이 척척 잘 맞는 것으로는 부족하다. 상대에 대한 깊이 있는 앎이 있어야 한다. 이런 질문들로 상대가 나를 얼마나 깊이 아는지 알 수 있다.

9. 내가 상대에게 사랑을 표현하는 다양한 방식을 상대가 알고 있는가?

두 사람만의 사랑 표현법에 대해 이야기 나눌 수 있다. 긍정적인 말 해주기, 칭찬해주기, 선물해주기 등 부부만의 사랑을 표현하는 방법에 대해 이야기하라.

10. 10년 후에 우리는 어떤 모습일까?

이 질문은 갈등을 해결해나가는 데 결정적인 도움을 주는 질문이다. 관계가 악화되었을 때 이혼을 할지, 아니면 어떤 일이 있어도 결혼을 유지해야 한다고 생각하는지 알 수 있는 기회가 된다. 이 질문은 매우 중요하기에 뒷장에서 자세히 다루었다.

위의 10가지 탐색적 질문을 통해 결혼을 심사숙고하게 생각하고, 부모와 주변 사람들의 의견을 들은 후 신중히 결정해야 한다.

02

(결혼 1~3년차 부부에게)
결혼의 기초생활체력을 키워라

"당신과 아이를 내가 책임져야 한다는 것이 너무 부담스럽고 힘들 어"

당신과 10년을 살아온 남편이 이렇게 말한다면 어떤 생각이 들까? 친구는 남편에게 이 말을 듣고 큰 충격에 빠졌다. 어려서부터 외아들 로 자라 어머님이 모든 것을 다 해주고 자랐다고 하지만 이 정도일 줄 은 몰랐다는 것이다. 심지어 나를 더 놀라게 했던 것은 결혼 10년 동안 친구남편은 인터넷 뱅킹조차 해본 적이 없어 공인인증서가 없다는 것 이었다. 친구가 모든 것을 관리했기 때문에 친구남편은 공인인증서가 없어도 불편함이 없었던 것이다. 외식을 하러 나가도 메뉴결정은 늘 친구가 하고, 가족여행을 가더라도 모든 계획은 친구가 세우고 남편은 졸졸 자기 뒤를 따라다니기만 했다고 한다. 친구남편은 늘 친구를 앞에 세워놓고 친구 등 뒤에 숨어 나올 생각을 안 했다. 난 이해할 수 없었다.

홀로서기를 제대로 하지 못한 친구남편은 결혼 후에도 아내에게 모든 것을 의지하며 독립심과 자립심을 전혀 키우지 못했다. 그런데 점점 아내가 자기에게 의지하고 남편·아빠로서의 책임감과 의무를 요구하자 이 남편은 위와 같은 말을 한 것이다. 10년을 살아왔지만 친구도 더 이상 남편을 이해할 수 없었기에 이혼을 선택했다.

이혼하고 친구를 만났다. 친구는 홀가분하고 자기와 딸만 생각하면 되니까 오히려 편안하다는 말을 했다. 친구는 이혼하고 보니 그 남자도 정말 불쌍하단 생각이 들었다고 한다. 어떻게 혼자 아무것도 못하는 아이처럼 마흔 넘게 살아올 수 있는 건지. 자기라도 결혼 초부터 남편이 홀로 설 수 있도록 해줘야 했는데 똑 부러진 성격의 친구는 남편에게 맡기는 법 없이 본인이 모든 걸 해결하며 살아왔던 것이다.

살아가기 위한 훈련이 필요하다

결혼한 후에도 친구 남편처럼 독립해 살지 못하는 어른아이가 의외로 많다. 또 미혼 때는 독립적이었다가도 결혼 후엔 남편 혹은 아내에게 기대어 살아가려는 사람들도 있다. 그러면 기대는 쪽이든, 기댐을 받았던 쪽이든 지치게 마련이다. 그렇기 때문에 결혼 후 3년까지는 서로의 기초생활체력을 키워야 한다. 요리, 청소, 빨래 등을 혼자 하며 자립심을 키우고, 혼자 있는 시간도 재미있게 보낼 수 있는 노하우를 갖는 것이다.

헬스장에 가면 운동 전후에 러닝머신을 30분 정도 뛰라고 한다. 웨이트트레이닝을 하기 전에 먼저 몸을 준비시키는 것이다. 10년을 제대로 살아가기 위해 (혹은 그 이상을 살기 위해) 결혼 후 적어도 3년은 기초생활체력을 기르기 위해 러닝을 하는 시간이라 생각할 필요가 있다. 어른들 말씀에 '3살 감기는 평생 간다'는 말이 있다. 아이들의 감기 치료는 단순히 감기만 낫게 해주는 것에 그쳐서는 안 된다. 감기를 어떻게 낫게 해주느냐는 아이가 성인이 된 이후의 건강에도 영향을 끼치기 때문이다. 항생제와 해열제로 길들여진 아이의 면역력은 낮을 수밖에 없다. 아이 스스로 병을 이겨낼 수 있는 면역력을 갖고 있어야 약을 먹어도 금방 나을 수 있다. 이처럼 결혼의 기초생활체력을 키우는 것은 성공적인 결혼생활을 위해 정말 중요하다.

똑똑한 주부살림꾼도 공부하고 연구한다

나는 결혼 후 밥 먹는 시간이 너무 빨리 다가온다고 생각했다. 아침을 먹었는데 또 점심을 준비해야하고 금방 또 저녁이고. 사실 요리가 너무 스트레스였다. 그러다보니 외식이 잦아졌다. 그런데 외식조차 마음대로 할 수 없는 시기가 와버렸다. 아이들을 낳고 키우다보니 마땅히 외식할만한 장소와 먹을 수 있는 음식이 많지 않았기 때문이다. 뒤늦게 정신을 차린 난 요리를 비상한 마음가짐으로 배우기 시작했고 많은 시행착오 끝에 요리에 대한 두려움을 떨쳐냈다. 지금은 어떤 요리이건 책에서 본 조리법의 순서를 머리로 기억해내기 전에 손이 먼저 움직인다.

당신이 나처럼 요리에 자신이 없다면, 결혼 초의 기초생활체력 요소들 중 요리에 특히 집중해서 요리 실력을 키워가야 한다. 외식을 줄이고 맛이 없더라도 자꾸 시도하고 만들어 먹어봐야 요리 실력도 향상된다.

혹 살림하는 법을 모르겠다면, 똑똑한 주부들이 인터넷에 올린 포스팅들을 보라. 그런 주부들에게서 노하우를 전수받아 똑똑한 살림법을 배워야 한다. 화장실 청소도 순서와 노하우가 있다. 예전처럼 락스만 뿌려서 청소하는 시대가 아니다. 저자극성 베이킹 소다와 식초만 있다면 위생적으로 청소할 수 있다. 우리가 사용하는 치약만 가지고도 청소할 수 있는 곳은 많다.

부부가 함께 번 돈을 잘 관리하기 위해 가계부를 쓰는 것도 좋은 방법이다. 가계부를 쓰는 것이 늘 작심삼일로 끝난다면 가계부를 계획적으로 잘 쓰는 법을 배우라.

이처럼 결혼도 공부가 필요하다. 다행인 것은 국영수처럼 공부해도 점수가 쉽게 오르지 않는 과목은 아니다. 공부하면 즉시 활용이 가능한 실용적인 공부이기 때문에 늘 배운다는 자세로 결혼 초기를 보내고, 아이 낳기 전까지 내 몸을 바삐 움직이며 최대한 기초생활체력을 키워놓도록 하자.

03

결혼 전에는 미처 몰랐던 것들

남편이 애벌레처럼 벗어놓은 바지, 저걸 세탁해 말아? 그냥 저 상태로 그대로 두면 남편이 치울까 안 치울까? 다시 입을 때까지 저 바지는 저렇게 애벌레의 허물 상태일 것이다. 바지를 정리하기 위해 들어올리자 우르르 뭔가가 쏟아진다. 이게 뭐지? 돈다발이다. 만원, 천원, 동전들……. 지갑에 넣고 다니라고 그렇게 잔소리를 해도 돈 따로 지갑 따로. 말해도 소용없다. 그래도 오늘 아침부터 심.봤.다. 이게 얼마인가?

아침에 양치를 하기 위해 화장실에 들어갔다. '어? 나는 칫솔을 쓴 적이 없는데.' 설마……, 맞았다. 남편이 내 칫솔로 양치를 하고 나갔다. 다음 날도, 또 칫솔에 물기가 묻어있다. 남편에게 전화를 해 묻는다. "오늘 아침에 어떤 색깔 칫솔 썼어?" (초록색!) "아니지. 왜 초록색이야? 오빠는 파란색이야. 자꾸 이럴 거야!" 그렇게 깔끔한 척 하는 남자가 왜 칫솔에만 너그러운지. 왜 칫솔 색깔만 구별 못하는 색맹이 되는 건지. 덩치는 곰만 한 사람이 '애 어른'이다.

나는 결혼하기 전에는 미처 몰랐다. 남편의 애벌레 바지 벗기 기술과 칫솔 색깔을 구분하지 못하는 색맹이 있다는 사실을! 결혼하고 나서야 그의 리얼한 모습을 알게 된다.

우리문화 vs 아군적군 문화, 당신은 어디에 서있는가?

사실 위의 상황들은 애교로 넘길 수 있다. 아무리 공부를 많이 하고 결혼했다 하더라고 예전엔 미처 알지 못했던 상황에 놓이게 되면 당황하게 된다. 그래서 원래 나답지 않은 행동과 말들이 쏟아져 나오기도 한다. 그렇기 때문에 결혼 1~3년에는 서로에게 좋은 우정을 쌓아가는 기간이 돼야 한다. 상대가 내가 원래 알던 상대의 모습이 아니더라도 "우정의 이름으로 내 너를 용서하고 받아들이노라!"라고 말할 수 있는 의리가 있어야 한다.

그렇다면 결혼 초의 우리의 상황은 어떠한가? 지금 나는 남편과

'우리'인가? 아니면 '아군 적군'인가? '우리'라면 문제가 발생했을 때 함께 해결하고 상생하지만, '아군 적군'이라면 누군가는 밟히고 상처 받게 마련이다.

결혼에 대한 비현실적 기대감을 갖지 않는다
결혼은 생존해야 하는 생활의 전쟁터이다

우리가 서로 우정을 지켜나가기 위해 결혼 초 가장 중요한 것은 무엇일까? 결혼 초 우리는 배우자가 완벽하길 바란다. 나 역시도 내 남편이 왕자님이길 원했고, 완벽하길 원했다. 그래서 이런 기대가 하나씩 무너져갈 때 그를 냉대하고 나를 자책하며 허무감을 느꼈다. 그러나 여기서 되도록 빨리 빠져나와야 행복해질 수 있다.

그림 같은 집에서 아들 딸 낳고 행복하게 살아가는 아름다운 가정. 이런 낭만적인 환상만으로 결혼을 선택한다면 원만한 결혼생활을 하기는 어렵다. 실제 결혼생활은 낭만과는 거리가 멀 때가 많기 때문이다. 사랑하던 사람과 결혼을 해도, 여러 복잡한 현실적 이해관계로 얽혀있는 탓에 배우자에 대한 낭만적인 사랑의 감정을 유지하기가 무척이나 어려운 것이 결혼생활의 현실이다. 결혼에 대한 환상, 배우자에 대한 비현실적인 기대감 등은 하지 말아야 한다. 결혼과 연애는 완전히 차원이 다르다. 연애할 때의 마음가짐과 결혼 이후의 마음가짐은 완전히 달라야 한다. 결혼은 생존해야 하는 생활의 전쟁터이기 때문이다.

결혼은 사랑받는 것이 아니라 살아가는 것이다. '살아간다' 는 것에 대해 충분히 생각하고 또 스스로 살아가기 위해 노력해야 한다. 살아가는 것은 누구도 대신해주지 못한다. 그것은 평생의 반려자로 불리는 사람에게도 불가능하다.

04

(결혼 4~6년차 부부에게)
부부 갈림길에 서있게 된다

우리의 결혼 생활에서 2~3년의 시간은 생각보다 무척 크다. 중학교 1학년생과 2학년생의 차이가 엄청난 것처럼. 한 예로, 결혼 초기 남편과 함께 차를 탈 때는 난 거의 운전을 하지 않았다. 그런데 언제부터인가 우리의 운전비율이 동등해지거나 내가 더 많기도 하다. 남편이 갈 때 운전한다면 올 때는 내가 한다. 복잡한 시내에서는 남편이 운전하지만 고속도로를 타면 내가 한다. 과거의 남편은 날 운전시켜놓고 코골며 자는 정도는 아니었다. 지금의 남편은 운전대를 놓으면 시트를 뒤로 젖히고 가장 편안한 자세로 숙면을 취한다. 우리 부부가 이렇듯 합리적이고 공평하게(?) 운전을 하게 된 것이 아마 5년차 때부터다.

신혼의 여성들은 대개 남편이 화제에 오를 때면, 대놓고 남편 자랑을 하거나 아니면 남편을 홍보하는 듯하지만 가만히 들어보면 자랑인 이야기를 늘어놓는다. 어쨌든 그녀들의 얼굴에는 웃음이 가득하고 행복하다고 스스로 이야기도 한다. 그녀들에게 물어본다. "결혼 잘한 것 같아?" 그러면 여러 어려움과 남편에 대한 불만을 털어놓기도 하지만, 남편과의 작은 충돌도 귀여운 사랑싸움으로 여기니 결혼 자체를 후회하거나 이혼을 심각하게 생각하는 경우는 드물다.

하지만 결혼 5년차 이상이 되면 조금 말이 달라진다. 5년이 지나면 위기의 부부가 되기도 한다. 부부가 찾은 안정만큼이나 서로에게 길들여져, 무료함과 권태가 시시때때로 찾아온다.

결혼 5년차, 부부가 갈림길에 서는 시기이다

"당신은 지금 행복해? 난 행복하지 않아.", "내가 대체 뭘 하고 있는 거지?"

이런 생각이 자연스럽게 들기도 한다. 하루하루 나의 일상이 비슷하고, 내 꿈도, 내 미래도 다 사라져버린 것 같은 허무함이 밀려온다면 당신은 위기에 놓인 것이 맞다. 자꾸 과거를 회상하게 되거나, 과거의 친구들에게 뜬금없이 전화해 옛날 추억을 곱씹으며 그들은 정신없이

바쁘게 살고 있어 잊고 사는 과거에 나만 여전히 살고 있다면(나의 경우
가 그랬다), 당신은 과거로부터 자신을 빨리 구해내지 않으면 안 된다.

　그나마 아이를 낳은 유부녀라면 아이를 키우느라 정신이 없고, 애
정과 에너지를 쏟을 대상이 있으니 허무함을 덜 느낄 수도 있다고 하
지만 아이를 키워도 외롭거나 우울하지 않은 것은 아니다. 난 주변에
서 아이가 없을 때는 남편과 사이가 좋았지만 출산 후로는 아이에게만
신경을 쓰느라 남편과 점점 멀어지고, 급기야는 남편과 함께 사는 것
에 한계를 느끼는 경우들을 보았다. 결혼 초엔 그렇게 침이 마르게 남
편을 칭찬하고 사랑한다 말했던 그녀가 어쩌면 저렇게 바뀔 수 있는지
무서운 생각이 들기도 했다.
　그 반대의 경우도 있다. 결혼생활과 동시에 육아에 돌입한 친구 부
부의 경우는 결혼 3년차까진 엄청나게 힘든 시간을 보냈다. 남편이 집
을 나가 들어오지 않는 경우가 다반사였다. 그런데 그 부부는 결혼 5
년차에 접어들면서 오히려 안정을 찾았고, 그녀의 카톡 메인은 온통
남편 사진으로 도배되어 있다. 이처럼 결혼 5년차는 부부가 갈림길에
서는 시기이다. 우리 부부는 어떤 길로 향하고 있는가?

목혼식 페스티벌, 낭만파 남편의 편지

서양 풍속에서, 결혼 5주년을 기념하는 의식으로 목혼식(木婚式)이 있다. 이 날은 부부가 서로 나무로 된 선물을 주고받는다. 목혼식이란 결혼 50주년에 금혼식(金婚式), 25주년에 은혼식(銀婚式)을 올리는 것과 마찬가지로 결혼 5주년을 기념해 부부가 다시 한 번 결혼 당시의 사랑을 되새기는 혼례 이벤트를 치르는 것을 말한다. 늘 푸른 한 그루 나무 같은 사랑을 하며 평생 살아가라는 축복의 뜻을 담고 있기도 하다.

누구에게나 위기는 찾아온다. 어느 연인에게도, 어느 부부에게도 피해갈 수 없는 일이다. 그렇다면 다시 한 번 결혼의 의미를 되새기며 서로가 비가 오나 눈이 오나 바람이 부나 햇볕이 비추나 그 밑에서 쉴 수 있는 나무가 되어주겠노라고 다짐하는 '리마인드' 의 의식이 필요하다.

남편은 나보다 낭만적이다. 남편은 나와 심하게 다툰 후나 기념일에 손편지를 두고 나가곤 한다. 감정 표현에 서툰 남편이 찾아낸 유일한 방법일지 모른다. 남편은 커피를 마시지 않는다. 커피숍에 가도 그가 마시는 건 초코쉐이크다. 비오는 날을 무척 좋아하는 나는 분위기 좋은 커피숍에서 남편과 커피를 마시며 책을 읽고 싶다는 상상을 여러

번 했었다. 초코쉐이크를 갈망하는 덩치 큰 애어른과 커피숍에 마주앉
아있노라면 분위기에 젖을 새가 없다. 어찌나 열심히 초코 쉐이크에만
집중하며 맛있게 마시는지. 커피향을 모르는 그런 그에게도 아내에게
손편지를 남기는 낭만은 있다.

　나에게 숨어있는 낭만을 찾아내 목혼식 페스티벌의 하이라이트를
장식해보자. 억지로라도 이벤트를 할 필요가 있는 5년차이다.

05

서로에게 숨을 공간이 있어야 한다

"하선이 방. 아무도 들어오지 마시오! 특히 구영민(오빠)"

둘째 하선이가 스케치북과 크레파스를 들고 와서 말한다. 자기가
말하는 대로 적어달라고 한다. 화가 날 때면 방에 들어가 문을 닫고 열
어주지도 않는다. 그리고 누구든 허락 없이 방에 들어가면 화를 낸다.
5살 아이도 혼자 있을 공간이 필요하다.

'소쓰콘'의 공간이 필요하다

부부도 마찬가지이다. 상대방에게서 숨을 공간이 필요하다. 평소엔
함께이지만 가끔씩은 따로 시간을 보낼 공간이 필요한 것이다. 일본에

서는 지금 '소쓰콘'이 유행이다. 소쓰콘은 한국어로 졸혼, 즉 결혼을 졸업한다는 뜻이다. 그렇다고 이혼한다는 것은 아니다. 부부가 혼인 관계는 유지하면서 각자 자기 삶을 사는 것이다. 이혼도 별거도 아닌 이 새로운 형태의 결혼 생활은 이웃 일본만의 풍경은 아니다. 우리나라에서도 이미 이와 비슷한 형태로 결혼 생활을 하는 부부가 늘고 있는데 100세 시대라는 요즘, 결혼 생활의 방식이 다양해지고 있음은 확실하다. 즉 결혼 생활을 원만하게 유지하면서 생활만 따로 하는 일종의 합의된 별거다. 서로의 사생활에 깊이 개입하지는 않지만 정서적으로 담을 쌓고 살거나 법적으로 결혼 생활을 끝내는 이혼과는 다른 라이프 스타일이다. 평소엔 엄마 아빠에게 꼭 달라붙어 있으면서도 독립된 공주방을 갖고 싶은 우리 하선이와 똑같은 마음이라고 할까?

아파트에 살던 선배가 복층 빌라로 이사를 갔다. 아파트 전세금으로 집을 살 수 있다는 장점도 있었지만 선배의 마음을 잡아끈 것은 사실 따로 있었다. 복층 공간에 마련된 다락방이 너무 마음에 들었다고 한다. 그 다락방은 선배만의 공간으로 꾸며 났다. 음악을 무척 좋아하는 선배는 CD와 오디오 장비, 기타를 갖다놓고 누구에게도 방해받지 않는 혼자만의 공간을 만드는 데 성공했고, 아이들 때문에 혼자만의 공간이 없어 바깥으로 배회하던 시간을 끝냈다.

이처럼 부부에게도 소쓰콘의 공간과 시간이 필요하다. 나에게도 소쓰콘의 공간과 시간이 있다. 아파트 커뮤니티 시설인 '입주민 독서실'이 소쓰콘 장소이다. 이곳은 아파트 주민이면 무료로 이용할 수 있고, 특히 낮 시간대에는 거의 사람이 없다. 프리랜서 강사로 일하는 나에게는 좋은 작업공간이고 사부작사부작 이런저런 일을 하는 나에게 이만큼 좋은 공간도 없다. 무료이니 부담 없고, 언제든 집에 올라가 집안일도 조금씩 할 수 있다. 하지만 독서실에 가서 내가 일만 하는 건 절대 아니다. 여긴 나의 탈출구이자 숨을 수 있는 공간이다. 책도 읽고, 영화를 보기도 하고, 많은 아줌마들의 스트레스 탈출구인 드라마 다시보기 재미도 쏠쏠하다. 난 강의 없는 날은 이렇게 스트레스를 풀며 혼자만의 시간을 즐긴다.

남편의 경우는 종종 혼자 영화를 보러간다. 그리고 대전에 사는 선배 형을 만나러 1박2일 갔다 오곤 한다. 남편에게는 그 시간이 자유이고 혼자 사는 선배의 집이 숨는 공간이 되어준다. 내 입장에서 남편이 이렇게 시간을 보내는 게 썩 마음에 드는 것은 아니다. 하지만 아무 말하지 않으려 노력한다. 남편도 혼자만의 시간과 공간이 필요하기 때문이다.

나만의 시간을 갖지만, 공유는 필요하다

그런데 중요한 것이 있다. 혼자만의 시간을 보내지만 그 시간에 대한 공유는 필요하다. 보고 온 영화는 어땠는지 물어봐주고, 아내가 빠져있는 드라마 남자주인공에 대한 관심도 가져주는 것이다. 자유가 있다면 그에 대한 책임이 따라야 한다. 혼자만의 시간을 보내는 것에 대해 서로 정한 약속을 지키지 않으면 안 된다. 예를 들어 남편이 선배 형을 만나러 대전에 갔다가 약속한 시간에 돌아오지 않으면 난 무척 화가 날 것이다. 부부는 각자 보내는 시간을 통해 오히려 서로를 더 이해하고 포용할 수 있는 공간을 만들어 낼 필요가 있다.

06

(결혼 7~9년차 부부에게)
참고 살아야 하나요?

7년 이상 살아온 부부, 당신과 남편의 관계는 건강한가 아니면 지금이라도 갈라서야 하는 건가라는 생각이 드는가? 답답한 마음에 누군가에게 물어도 답을 들을 수 없는 질문이다. 그가 당신의 이야기를 들어줄 수는 있지만 당신의 결정을 대신 해주지는 못한다. 결국 어떤 선택을 할지는 내 몫이기 때문이다.

대답이 쉽게 나오지 않는다면 내가 결혼생활을 잘 하고 있는 것인지 점검해야 할 시기이다. 부부 간에 갈등이 있다면 여전히 상대를 잘 알지 못하는 데서 느끼는 소외감과 불안감이 원인인 경우가 많다. 상당한 시간을 살아온 배우자와 잠깐 멈춰 서서 서로를 점검해보는 게 필요한 시기이다. 어떤 선택을 할 때 그 선택에 후회하지 않기 위해 가장 먼저 시도해야 되는 것은 바로 현재 상황을 제대로 인식하는 것이다.

결혼생활에서의 "나"라는 사람이 과연 어떤 사람인지를 정확히 알아야 한다. 부부관계는 친구 및 직장동료 등 다른 사람들과의 관계와는 근본적으로 다르다. 남편과 아내라는 관점에서 "나"라는 사람을 알아야 한다. 그래야 지금 나와 함께 살고 있는 사람, 배우자가 어떤 사람인지도 알게 된다. 내가 왜 그런 행동을 하는지 내 행동의 원인과 결과를 이해해야 배우자와 다음 단계로 나아갈 수 있다.

내 친구 중 한 명은 결혼하면서 직장을 관두었다. 남자는 여자가 직장을 다니지 않고 집에 있길 원했다. 자신이 출근하고 퇴근할 때 아내가 배웅을 해주는 게 중요한 남자였다. 남자는 퇴근하면 거의 집으로 바로 왔고 다른 약속을 잘 잡지 않을 만큼 가정적(?)인 남자였다. 그야말로 집과 회사를 오가는 것 외에는 다른 스케줄을 잡지 않고 아내인 내 친구와 함께 대부분의 시간을 보냈다.

하지만 친구는 점점 답답함을 느꼈고 바깥세상을 동경하게 됐다. 친구는 외향적인 성격에 새로운 자극을 받는 것을 좋아했다. 혼자 인도로 10일간 여행을 다녀올 만큼 독립심이 강하고 사람들과의 다양한 관계 속에서 살아있음을 느끼는 사람이었다. 두 사람의 성격은 근본적으로 서로 맞질 않았다. 친구는 다시 일을 시작하기 원했고, 남편은 그런 친구를 이해하지 못해 갈등은 커져만 갔다. 친구와 남편은 서로에 대한 깊은 이해가 없었다. 남자는 보수적인데다 내향적이지만, 여자는 새로운 것을 시도할 때 흥분을 느끼고 인간관계 속에서 존재감을 느끼는 외향적인 사람이었다. 두 사람의 결혼은 처음부터 갈등을 안고 시작한 것이었다.

결혼이라는 것 자체가
만족스럽지 않은 부분을 만족스럽게 만들어가는 과정이다.

그렇다면 두 사람은 맞지 않으니까 헤어지는 게 행복할까? 처음부터 나와 잘 맞는 제대로 된 남자를 선택하지 못한 나의 잘못이라 자책하며 살아갈 것인가? 절대 아니다. 어차피 세상의 어떤 남자 여자도 내게 100% 만족을 줄 수는 없다. 아무리 완벽해 보이는 사람이라도 가만히 들여다보면 만족스럽지 못한 부분이 있는 게 당연하다. 그러나 결혼이라는 것 자체가 만족스럽지 않은 부분을 만족스럽게 만들어가는 과정이다. 일부 불만족스러운 부분이 있더라도 상당한 부분에서 만족할 수 있으면 넘어갈 수 있다. 이러기 위해선 내가 상대를 위해 포기해야 하는 것은 무엇인지, 내가 인정받고 지지를 받고 싶은 것은 무엇인지 정확히 알고 있어야 한다. 그래서 내가 포기할 것, 내가 요구할 것, 상대가 포기해줘야 하는 부분, 상대가 내게 인정받고 내가 따라주길 원하는 부분을 정확히 인지하고 있어야 한다. 그런 다음에야 어떤 선택을 할지 결정할 수 있다.

07

재계약 조건을 생각하라

나는 어려서부터 많은 상담을 했던 엄마 옆에서 가정 내 불화를 비롯해 결혼생활에서 경험할 수 있는 수많은 문제들을 간접적으로 보고 들으며 자랐다. 우리는 주변에서 행복을 목적으로 결혼한 사람들이 정작 결혼생활에선 어려움과 고통을 겪는 경우를 보게 된다. 나는 남들이 부러워하는 넓은 집에, 아무런 걱정 없이 행복한 결혼생활을 하고 있는 것 같은 사람도 결혼이 초래한 갖가지 문제에서 고통 받는 경우가 있다는 걸 보면서 자랐다.

이 사람이 아니었다면, 어떤 인생을 살고 있을까?

이런 내가 한 남자를 만나 긴 연애를 하고 결혼을 했다. 간접 경험은 많았지만 직접 겪는 결혼생활은 미처 몰랐던 문제들의 총출동이다. 결혼 초에는 결혼 기초생활체력 부족으로 우리는 많은 혼란을 겪었다. 많이 싸웠고, 정말 성격이 맞지 않는다고 느끼는 순간들도 많았다. 1년이 가고 5년이 가고 우리 부부는 이제 결혼 10주년을 바라보고 있다.

가끔씩 남편이 얄미울 때 나는 남편에게 말한다. "참 복도 많아. 나 아니었으면 지금 어떻게 살고 있을까?"라는 말을 한다. 나 없는 남편의 인생을 생각해보면 지금보다 좋았을 것 같지는 않다는 이유 없는 확신에서 하는 말이다. 그만큼 최선을 다해 살아왔노라고 믿기 때문인지도 모른다.

과거 차인표 씨가 결혼 10주년을 맞이하며 아내 신애라 씨에 대해 말한 인터뷰가 있다. "10년 전 결혼하기 전에는 아내에 대한 사랑만 있었는데 10년을 산 지금은 아내를 존경하게 됐다. 이 사람이 아니었다면 지금쯤 어떤 인생을 살고 있을까하는 생각이 든다." 라고 말했다. 내가 10주년을 앞에 두고 보니 차인표씨의 마음이 이해된다. 우리가 부부가 아니었다면 우리는 서로 어떤 인생을 살고 있을까?

우리 부부가 연애 10년만큼 결혼 10주년을 앞두고 있다는 게 믿기지 않는다. 처음 만났을 때는 둘 다 풋풋한 대학생이었는데 함께 살아온 10년이라는 시간 동안 참 많은 변화를 겪었고, 지금도 더 많은 변화를 위해 달려가고 있다. 아직도 가진 것보다 가지고 싶고, 가져야할 것들이 더 많지만 서로의 잠재력을 믿고 뒷받침해주며 열심히 살아가리라 다짐해본다.

우리 부부가 살아가는 의미만큼은 밖에서 찾지 말고(집, 재정, 교육 등) 안에서 찾아보자고 의미를 되새긴다. 하나가 둘이 되고, 둘이 셋이 되고, 다섯이 된다면 별이 되는 것처럼 말이다. 10년의 별을 찍었으니, 20년, 30년, 40년, 50년의 별을 찍어보자고.

당당히 요구하고, 나 역시 돕는 사람이 되는 재계약조건

신혼에 샀던 가전제품도 10년쯤 쓰고 나면 고장이 나서 A/S 기사를 불러야 된다. 소파도 장롱도 여기저기 찢기고 긁힌 자국이 눈에 보이고 이젠 바꾸고 싶다는 생각이 들기 시작한다. 하물며 내 옆에 1년 365일 아내로, 남편으로 숨 쉬고 있는 사람은 어떨까? 그 사람도 당연히 변해왔고, 아프고 상처 난 곳이 있고 곪아터진 곳이 있을 것이다. 그 사람의 마음도 신혼 때보다 성숙해지고 성장했다.

그러기 위해서 우리는 먼저 나와 상대를 객관적으로 바라볼 수 있어야 한다. 더 나은 20주년을 위해 우리가 서로에게 내밀어야 되는 계약조건은 무엇일까? 요구만 하는 것은 올바른 거래가 아니다. 요구를 한다면 당연히 나 역시 손해를 감수하고 희생해주는 것이 필요하다. 배우자에게 어떤 것을 당당히 요구하고, 나 역시 또한 그를 돕는 사람이 될 것인가.

당신이 결혼 10주년을 앞두고 있다면, 스스로에게 '나는 내 옆에 있는 이 사람이 아니었다면, 지금 어떻게 살고 있을까?' 물어보자. 또 이렇게 물어보자. '나는 20주년을 향해 다시 뛸 마음의 준비가 되었나?'

"

결혼 10년이 되는 시점에는 무엇을 버리고 갈지
무엇을 끝까지 가지고 갈지 진지하게 생각해봐야 한다.
굳이 쓰레기를 들고 배우자와 먼 길을 갈 필요는 없다.
10년의 결혼생활을 통해 부부는 바뀌고 성장하면서
앞으로의 인생을 계획해야 한다.

"

Chapter
04

결혼은 '10년 단위'로
성장하는 과정이다

이것이 결혼 생활이다.
물을 언제 흠뻑 줄 것인지.
겉흙만 보는게 아니라 서로의 내면(속흙)도 살펴보고 만져줄 수 있는 것,
그리고 흙이 잘 마를 수 있도록 바람과 햇빛이 되어주는 것,
흠뻑 물에 젖힐 만큼 사랑을 주는 것.

01

10년 단위 결혼생활은
부부를 바꾸고 성장시킨다

우리나라 평균 결혼연령인 30살 초반에 결혼한다고 하면 10년이 지난 후는 40살, 중년의 문턱이다. 중년은 말 그대로 인생의 중반기란 의미인데 중년을 목전에 둔 나 역시 성취한 것은 별로 없고 새로 시작해야 할 일들 투성이다.

데이비드 니드의 『나이와 행복을 함께 초대하라』는 책을 보면 과거의 중년이 '완성'의 시점이었다면 지금의 중년은 '수리', '정비'와 '수선' 그리고 그것을 통한 '에너지 재충전'의 시점이어야 한다. 그래서 니드는 중년이란 지금까지의 삶을 되짚어보면서 인생의 모든 것을 점검하는 시기이며 균형이 깨진 부분이 있다면 수리할 기회도 갖게 되는 축복의 시기라고 정의한다. 10년의 결혼생활을 겪고도 환히 빛나는 보석을 알아보지 못하거나 주변에 숨겨진 함정을 발견하지 못하는 경우들이 있다.

결혼 10년이 되는 시점에는 무엇을 버리고 갈지, 또 무엇을 끝까지 가지고 갈지 진지하게 생각해봐야 한다. 굳이 쓰레기를 들고 배우자와 먼 길을 가려할 필요는 없다. 10년의 결혼생활을 통해 부부는 바뀌고 성장하면서 앞으로의 인생을 계획해야 한다.

결혼하고 어른이 되어간다는 것은

우리 삶에서 가장 중요한 것은 '성장'이다. 자동차를 운전할 때 종종 주요소에 들러 기름을 넣어줘야 하듯 인생에도 충전을 해줘야 되는 순간들이 있다. 그래야 우리는 앞으로 나아갈 수 있다. 좋은 것이 늘 좋으리란 법은 없고, 나쁜 것도 계속 나쁘기만 하란 법은 없다. 어느 한쪽만 보는 것이 아니라 제대로, 바로 볼 수 있는 것, 이게 바로 성장이다. 단점이 있다면 노력을 기울여 보완하고, 장점은 더 돋보이게 해 내 삶을 보다 풍요롭게 하는 것이다.

우리의 수명이 늘었고, 모든 부부는 더 많은 시간을 함께 보내야한다. 앞선 부모세대에게 어떻게 해야 잘 사냐고 물어봐도, "지금은 우리 때와 많이 달라 잘 모르겠어"라는 답만 돌아온다. 우리는 어떻게 어른이 되어가야 할까?

결혼하고 여자에서 엄마로 변하게 되는 결정적인 계기는 바로 임신과 출산이다. 아이를 임신하면 많은 예비엄마들은 산부인과에서 나눠주는 수첩에 태아의 초음파 사진을 붙이고 성장일기를 쓴다. 간단하게 태아의 몸무게, 신장 등을 기록하기도 하지만 아이를 기다리는 엄마의 마음을 진솔하게 쓰기도 한다.

아이의 심장소리를 처음 들었던 날, 아이의 얼굴을 볼 수 있을까 기대하고 산부인과에 갔지만 손으로 얼굴을 가리고 있어 보지 못하고 아쉬움 속에 돌아온 날, 아이의 손가락 발가락을 본 날, 그러다 처음으로 입체초음파로 아이의 얼굴을 보고 기쁨에 벅차오르는 날들이 있다. 그러다 점점 몸이 무거워져 거동이 불편해지고, 출산에 대한 두려움과 걱정에 잠을 설치기도 한다. 하지만 모든 엄마들은 아이를 출산하는 순간부터 세상의 그 어떤 힘보다도 강한 모성애를 갖게 된다. 이때부터 여자는 한 번 더 어른으로 성장한다. 부모는 자식을 키우는 게 힘들고 어려워도 쉽게 포기하지 않는다. 크고 작은 수많은 어려움들을 극복해가며 자녀를 키우고, 아이가 자라면서 부모도 함께 성장한다.

갈등을 극복하는 과정을 통한 진정한 성장

우리는 결혼 이후에 예전엔 경험하지 못했던 삶의 수두룩한 문제들과 부딪치고 그것들을 해결해나가는 과정에서 진정한 어른이 된다. 문제가 생겼을 때 여전히 불평, 불만, 무시, 외면 등 유아기적 방법만 쓴다면 우리의 성장은 아직 멈춰있는 상태다. 결혼 후 10년 동안 우리는 무수히 많은 문제들과 부딪치고 갈등을 겪는다. 이것은 결혼 전까지 각자 별개의 삶을 살아왔던 부부에게 일어나는 당연한 과정이다. 배우자와의 갈등을 대화로 잘 풀고 극복하는 과정을 통해 부부는 진정으로 성장한다.

연인관계에도 물론 갈등이 일어나지만 연인들은 갈등으로 힘들어지면 이별을 선택하면 된다. 연인들은 갈등이 되는 문제를 깊이 이해하고 갈등을 풀기 위해 무엇을 해야 하는지 치열하게 고민하는 시간을 굳이 안 가지려 할 수도 있다. 그러나 부부는 다르다. 부부는 갈등에서 벗어나기 위해 사생결단하는 마음으로 두 사람이 할 수 있는 모든 것을 총동원해야 한다. 박 터지게 싸워도 보고, 참을 인을 백만 번 마음속으로 쓰며 남편을 대하기도 한다. 없는 사람 취급도 하고 회피도 해본다. 또 어떨 때는 눈물 흘리며 진심으로 서로에게 사과하고 이해받기를 구한다. 이런 과정을 거치면서 두 사람만의 긴밀한 상호작용이 일어나고, 두 사람은 갈등을 하나씩 이겨나가며 성장하게 된다.

02

결혼은 '사랑을 나누는 것'이 아니라 '흠뻑 주는 것'이다

화분을 사기 위해 꽃집에 갔다. 난 주인에게 '잘 죽지 않는 것'으로 추천해달라고 했다. 주인은 아이비를 추천해주면서 생명력과 번식력이 강한 대표적인 실내식물로 장소에 크게 구애받지 않고 어느 곳에서나 잘 자라고 물만 3~4일에 한 번씩 주면 된다고 했다. 그런데 나의 아이비는 오래 가지 못했다.

아이비는 장소에 구애받지 않는 것이 아니었다. 햇빛이 밝은 곳에서 튼튼하게 잘 자라고, 물도 3~4일에 한 번이 아니라 화분 전체의 흙이 바싹 말랐을 때 한 번에 흠뻑 주어야 한다는 사실을 뒤늦게 알았다.

화초 물주기에 대한 정보를 찾아보면 '이틀에 한번', '일주일에 한

번' 이런 식으로 나온다. 화초에 며칠에 한 번씩 물을 주라는 것은 옳지 않은 말이다. 기간과는 상관없이 화분의 흙이 말랐을 때 주는 것이 좋다. 계절마다 날씨가 달라 흙이 마르는 속도가 다르고 집안 환경에 따라 햇빛과 바람이 들어오는 양이 다르기 때문에 며칠에 한 번 물을 줘야한다는 것은 맞지 않다.

화분의 물은 흙이 말랐을 때 한 번에 흠뻑 주는 것이다

그런데 눈으로 봤을 때 흙이 말라보인다고 무조건 물을 줘서도 안 된다. 무슨 소리냐고? 겉흙이 말라보인다 해도 실제로는 두 가지 상황이 있을 수 있다. 첫째, 겉흙도 마르고 안쪽의 흙도 말랐을 경우. 이때 물을 주는 건 괜찮다. 둘째, 겉흙이 말라 보여도 안쪽의 흙이 젖어있을 경우. 이때는 물을 주면 안 된다. 뿌리가 계속 젖어있으면 썩어버리고 결국 화초는 시들어 죽고 만다. 즉, 화분의 겉흙이 말랐을 때 물을 주는 것이 아니라, 겉흙과 안쪽 흙이 모두 말랐을 때 한 번에 물을 흠뻑 줘야 것이다.

양치질하다가 남은 물 찔끔, 물마시다 남은 물 찔끔, 여기저기서 조금씩 남은 물 찔끔, 이렇게 물을 주면 화초는 죽는다. 적은 양의 물을 찔끔찔끔 주게 되면 화분의 겉흙만 젖을 뿐, 안쪽 흙은 마른 상태이기

때문에 뿌리까지 수분 공급이 되지 않는다. 그리고 우리는 겉흙이 젖은 것만 보고 물을 충분히 주었다 생각하고 안심한다.

배우자에 따라 흙이 마르는 시간은 다르다

결혼생활에서 우리는 배우자에게 화분의 잘못된 물주기 방법처럼 사랑을 재고 나눈다. 내가 시댁에 얼마 했으니 그쪽이 친정에 얼마 해주어야 하고, 내가 집안일을 더 많이 하니 그 보상으로 남편이 내게 이걸 해줘야 한다고 생각한다. 내가 70에 해당하는 일을 했는데 배우자는 30밖에 주지 않았다고 서운해 한다. 우리 집의 상황과 배우자의 성향에 따라 흙이 마르는 시간은 다르다. 어떤 날은 바람이 불어 마음이 요동치기도 하고, 햇빛이 잘 드는 날처럼 마음이 평안할 때도 있다. 그렇기 때문에 화분의 물을 이틀에 한 번 주라고 말할 수 없는 것처럼 '결혼은 OO이다' 라고 정의할 수 없고, '내 남편은 이렇다' 라고 말할 수 없다.

다만 물을 줄 때 한 번에 흠뻑 줘야하는 것처럼 사랑을 줄 때도 흠뻑 줘야한다. 부부는 무엇보다 서로를 사랑해야 한다. 내가 무슨 일이 있더라도 이 사람은 날 믿어주고 지켜줄 거라는 깊은 신뢰가 있어야 한다. 남편은 내게 다음과 같이 말한 적이 있다.

"너는 왜 날 남처럼 대해? 네가 실수한 걸 잘못했다고 말하는 게 아니야. 그래서 괜찮냐고, 내가 도와줄 게 없나 물어보는 거야. 나는 무조건 네 편이야. 우리엄마 편도 아니고 우리 집 편도 아니야. 네가 잘했든 못했든, 일부러 그랬든 실수였든, 나는 네 편이야. 그러니까 상관없는 사람 대하듯 내게 그렇게 말하지 마"

나는 남편에게 이 말을 듣고 마음의 큰 위로를 받았다. 겉으로 괜찮은 척, 신경 안 쓰는 척하고 있던 나는 겉흙이 말랐기에 남편이 모르는 줄 알았다. 하지만 남편은 손으로 내 마음의 흙을 직접 만져본 후 속흙은 마르지 않은 걸 알고 있었다. 남편은 햇빛이 비추고, 바람도 잘 통하는 곳에서 내가 쉴 수 있게 배려해주었다.

이것이 결혼 생활이다. 물을 언제 흠뻑 줄 것인지, 겉흙만 보는 게 아니라 서로의 내면(속흙)도 살펴보고 만져줄 수 있는 것. 그리고 흙이 잘 마를 수 있도록 바람과 햇빛이 되어주는 것, 흠뻑 물에 적실만큼 사랑을 주는 것. 당신의 나무는 건강한가, 아니면 시들한가? 바람이 불고 햇빛이 들 때, 흙에 바짝 말라 있을 때 사랑이라는 물에 흠뻑 적셔주어야 한다.

03

결혼의 행복은 "순간의 합"이다

저 높이 날아 번개처럼 빠르게 (터닝메카드 ost)

나는야 공룡, 티라노사우루스, 몸집은 크고 (티라노사우루스 ost)

"이 노래들 이제 지겹지 않니? 엄마 좋아하는 노래 틀어줄게. 들어
볼래? (엄마도 노래 좋아해?) 그럼, 엄마 운전할 때 노래 듣는 거 엄청 좋아
해 (응! 틀어줘!)"

아이들과 차를 타고 이동할 때에는 주로 아이들이 좋아하는 음악을
틀어준다. 그런데 부모도 감성이 있으니 비가 올 때는 올드팝을 듣고
싶고, 고속도로를 달릴 때에는 90년대 댄스음악이 듣고 싶기도 하다.
얼마 전 갔던 카페에서 흘러나왔던 "Hard To Say I'm Sorry"라는 노
래가 듣고 싶었다. 영어로 노래가 나오자 8살 아들은 실망했다. 알아

듣기 쉽고 따라 부르기 쉬운 노래가 아니라고 생각한 것 같다. 하지만 이 노래는 반전이 있다. 중반부까지는 애절하고 호소력 있게 진행되다 강한 드럼 비트가 나오면서 진짜 클라이맥스가 시작된다.

그러자 아이들이 앉은 뒤에서 난리가 났다. 평소 집에서도 섹시댄스를 춘다며 춤을 잘 추었지만 첫째 영민이는 지금까지 보지 못했던 화려한 춤동작으로 노래를 온몸으로 표현하고 있었다. 그러자 동생 하선이도 질 수 없다며 엉덩이를 좌우로 열심히 흔들고 잘 알아듣지 못하는 영어를 목이 터져라 따라 부르며 음악에 완전히 심취했다. 그래서 그 후부터는 차에 타면 "Hard To Say I'm Sorry"라는 노래를 틀어달라고 한다.

나는 아이들의 역동적인 춤을 보면서 정말 배꼽을 잡고 웃었다. 스트레스 해소를 위해 다른 걸 할 필요가 없었다. 복잡한 '딴 생각'들은 전혀 마음속에 떠오르지 않았다. 고슴도치 엄마로서 아이들이 자유롭게 자기를 표현하고 행복해하는 것을 보면서 가정을 이루게 하신 분께 감사했고 아이들의 존재가 행복했다.

얼마 전 늦은 휴가차 베트남으로 가족여행을 다녀왔다. 가기 전 짐을 쌀 때만 해도 가면 아이들 때문에 정신없겠지, 밤비행기인데 아이들이 보채지 않을까, 하루 종일 수영만 하려고 하겠지, 나랑 남편을 위한 휴가는 아니야, 이렇게 생각했다. 그런데 아이들도 집을 떠나면 안다. 여긴 집이 아니니까 엄마 아빠를 도와야하고 말을 잘 들어야한다는 것을. 아이들은 밤비행기의 피곤함과 불편함을 잘 이겨주었고, 하루 종일 물놀이만 하려고 하지 않고 엄마 아빠의 의견과 계획을 잘 따라주었다. 심지어 7살이라 평소엔 낮잠을 자지 않던 영민이도 더운 날씨에 물놀이로 피곤했는지 동생과 같이 잠들어 우리 부부는 꿀맛 같은 휴식을 맛볼 수 있었다. 잠시 동안 멋진 풍경을 보며 모히또를 마실 수 있는 둘만의 귀한 시간을 누리다니, 여행을 떠나기 전엔 상상하지 못했던 귀한 호사다. 그때부터 나는 아이들과 함께 하는 여행에 대한 긴장감을 내려놓고, 온전히 여행을 여행으로 즐길 수 있게 되었다.

순간순간 행복이 찾아올 땐 딴 생각을 하지말자

결혼생활에서 행복을 느낄 때는 언제일까? 어느 순간에 우리는 행복하다고 느끼는 것일까? 어쩌면 행복은 순간에 지나가는 느낌인 것이고, 이런 느낌들의 합이 커질 때 행복하다고 자신 있게 말할 수 있다. 매트 킬링스워스(Matt Killingsworth)의 「더 행복해지고 싶은가 지금을 즐겨라」라는 칼럼에 실린 재미있는 실험이 있다. 바로 행복과 딴 생각에 관한 실험이다. 예를 들어 노트북으로 일을 하고 있을 때도 우리는 머

릿속으로 저녁에 무엇을 먹을지를 생각하거나 얼마 전 다녀온 휴가에서 있었던 일들을 떠올리기도 한다. 바로 딴 생각을 하는 것이다. 심지어 하고 싶은 일을 하고 있을 때도 딴 생각을 하곤 한다. 우리는 골치 아픈 문제가 있을 때 이 문제를 잠시 잊을 수 있는 방편으로 딴 생각을 하기도 한다. 하지만 킬링스워스는 딴 생각을 하면 행복이 줄어든다는 것을 실험으로 입증했다. 딴 생각을 하게 되면 오히려 걱정, 불안, 후회에 다시 휩싸이게 되면서 덜 행복해진다는 것이다. 행복은 딴 생각 없이 지금에 충실해야 누릴 수 있다는 것을 실험으로 밝혀냈다.

나 역시 남편과 9년의 결혼생활을 하면서 딴 생각을 정말 많이 했다. 당신 아이가 당신 앞에서 웃고 있는가? 그러면 그것을 그대로 느껴라. 딴 생각 하지 말고. 남편과 단 둘이 맥주를 마실 수 있는 시간이 생겼다면, 그저 감사하고 다른 걱정거리로 마음을 어지럽히지 말고 그 순간을 즐겨라. 아이가 한글 받아쓰기를 100점 받아왔다면, 딴 생각하지 말고 칭찬해주자.

우리가 결혼생활에서 하는 딴 생각은 후회, 걱정, 불안, 알 수 없는 미래에 관한 것들이 대부분이다. 딴 생각하지말자. 순간의 행복을 그것 그대로 최대한 누리도록 하자. 지금 현재에 충실해야 더 행복해질 수 있다고 과학자도 실험으로 밝혀냈으니 말이다.

04

문제를 직면해야 진짜 성장한다

밤 11시. 고등학교 단짝 수연이의 아버지가 돌아가셨다는 연락을 받았다. 수연이와 나, 희연이, 보경이는 고등학교 단짝친구들이다. 우리는 가끔 학교 담을 넘어 야자(야간자율학습)를 땡땡이치며 목동4거리와 5거리를 배회하며 놀았었다. 지금도 그 시절을 회상하면 즐겁다. 나의 핸드폰에 저장되어 있는 많은 이름들 중에서 이름이 아닌 순수별명으로 저장되어 있는 유일한 친구들이고, 이름보다 우리만의 애칭이 더 편한 사이이기도 하다.

보경이는 '보둥이'로, 희연이는 '재간둥이 원숭이', 수연이는 '수봉', 그리고 나는 '짱나'이다. 나는 소식을 듣고 아이들을 남편에게 맡기고 급히 장례식장으로 달려갔다. 보경이는 벌써 도착해있었고, 수연이와 남편은 빈소를 지키고 있었다.

지난 1년간 수연이와 연락이 잘 닿지 않았다. 전화를 해도 받지 않았고, 카톡을 보내도 시간이 한참 지나야 확인을 했다. 수연이가 말기 암 투병 중인 친정아빠를 집에 모시고 있다는 소식을 전해 듣고 차마 더 연락을 하지 못했다. 각자 사는 게 바빴던 우리들은 장례식장에서 오랜만에 서로의 안부를 물었다. 수연이가 친정아빠와 힘겹게 보낸 1년의 시간을 눈물로 이야기할 때 우리는 같이 울고 위로했다.

작년 가을, 더 이상 어렵다는 판정을 받았을 때 수연이 남편은 아버님을 집에서 모시자고 제안했다고 한다. 그때부터 암환자인 친정아빠와 두 아이, 그리고 수연이 부부는 함께 지내왔다. 아버님 상태는 호전될 때도 있고 악화될 때도 있었는데 수연이는 1년간 온전히 아빠에게 자기 가족이 집중했던 시간이 참 좋았다고 말했다. 겨울에도 다닐 만큼 좋아했던 캠핑도 못 다니고 주말에 외출하는 것도 쉽지 않고 첫아이에게 상대적으로 손길이 덜 갈 수밖에 없었지만 아빠와 같이 TV 보고 이야기하고, 먹고 싶어 하시는 음식을 만들어드렸던 것들이 후회되지 않는 시간이었음을 충분히 알 수 있었다. 나는 수연이의 이야기를 들으며 아버님이 수연이 가족의 깊은 사랑 속에서 돌아가셨음을 충분히 느낄 수 있었다.

노력해야 배우자와의 우정을 쌓을 수 있다

이 모든 것이 가능했던 것은 수연이 남편의 아내에 대한 사랑과 헌신 때문에 가능했다. 집으로 모시자고 먼저 말을 꺼낸 것도 남편이었고, 음식을 잘 드시지 못하는 장인어른을 위해 여기저기 맛집에서 음식을 사와서 조금이라도 드시게 하고, 이마저도 드시기 힘들어하시면 직접 도시락을 만들어 공원으로 모시고 나가 바람을 쐬게 해드린 사람도 남편이었다.

수연이 부부는 아버님과 온전히 함께 보낸 1년 동안 많이 성숙했고 서로에 대한 믿음 역시 커졌다. 수연이는 1년의 시간을 기꺼이 함께 동행해준 남편에게 깊은 고마움을 표하며 혼자였다면 정말 외로웠을 것이고 아버님을 모시는 것도 불가능했을 것이라고 말했다. 부부는 모든 상황을 함께 겪고 서로 위로하며 아버님의 죽음에 대해 마음의 준비를 해왔던 만큼 서로를 향한 눈빛이 편안해보였다. 서로를 이해하고 위로하고, 상대가 기댈 든든한 어깨가 되어주는 10년차 부부로 성장해 있었다.

사실 수연이의 결혼생활에 문제가 전혀 없었던 것은 아니었다. 남편과는 문제없이 잘 지내왔지만 시댁에 내려가야 하는 명절 전후로 우울증이 찾아왔고, 시아버지 때문에 힘들고 괴로울 때가 있었다. 수연이는 시댁과의 갈등으로 인해 남편의 좋은 점과 사랑을 보질 못했다. 하지만 두 사람은 부부 간에 자칫하면 큰 불화를 가져올 수도 있는 상황을 함께 헤쳐 나가면서 결혼 초의 갈등을 극복할 수 있게 되었다. 서로의 부모에 대한 편치 못한 마음을 지우고, 각기 너무 다른 환경에서 자라온 탓에 처음엔 이해할 수 없었던 상대의 모습들을 이젠 이해하면서 남편을 친한 친구와 같은 존재로 바라보게 된 것이다.

결혼 10년은 꽃길이 아니다. 많은 문제들에 직면한다. 그 문제들 때문에 생각하지 못했던 이혼을 하게 되는 경우도 있지만, 수연이 부부처럼 오히려 이 문제들 때문에 부부 간의 관계가 성숙해지고 서로를 이해하고 받아들이게 되기도 한다. 이렇게 배우자는 서로의 내면적 성장을 돕는 사람이어야 한다.

수연이가 말한다. "내 남편 같은 사람이 또 어디 있을까 싶어. 강원도 시골에서 자라 그런지 서울남자들처럼 계산적이고 예민하지 않고, 참 사람 무던해. 그리고 나한테도 자상하고, 아이들한테도 잘하고. 앞으로 더 잘 살아야지. 남편이 한 것처럼 나도 남편 위하면서"

05

잘못을 인정하지 않는 부부의 심리

"넌 왜 잘못을 인정 안 해? 그래서 미안해 잘못했어, 이 말 하기가 그렇게 어려워?"

최근에 읽은 한 칼럼은 남녀의 싸우는 방식과 심리를 다루었는데, 공감되는 부분들이 많아 소개하고자 한다. 먼저 여자는 약자와는 싸우지 않는다는 점이다. 약자를 보면 괴롭히고 싶은 마음이 생기지 않기 때문이다. 그런데 자신보다 강자를 만나면 싸우고 싶은 마음이 생기는데 그 중에서도 자신을 공격하지 않을 것이라는 믿음이 가는 강자하고만 싸운다는 점이다. 그 대표적인 예가 남자친구, 남편이라는 점이다. 그러고 보니 그런 것 같다. 난 밖에서는 누구와도 싸우지 않는다. 내가 싸우는 유일한 남자는 과거의 남자친구였던 남편이다.

또 하나 여자의 감정이 심하게 나쁜 상태에서 감정을 터뜨릴 분위기를 만들어주면 여자는 몇 년 간 쌓였던 감정들까지 모두 폭발시키는데, 그래도 여자의 기분은 바로 좋아지지 않는다는 것이다. 이때 중요한 점은 남자의 긍정적인 자극이 들어가야 상처받은 여자의 마음이 치유된다는 사실이다. 칭찬과 격려를 받으면 여자는 말끔하게 악감정을 씻어내고 보다 나은 사람으로 변할 수 있다.

반대로 남자는 자신보다 약하고, 자신을 인정해주지 않는 상대와 싸우는데 예를 들어 자기 말을 여자가 듣지 않는다면, 자신을 인정하지 않는 여자로 판단해버린다는 사실이다. 싸움이 시작되면 과격한 행동을 하기도 하지만 약간의 시간이 지나면 남자는 감정을 누그러뜨리고 이성적인 판단에 돌입하게 된다. 그리고 상대가 자신의 잘못을 인정하면 즉시 싸움을 중단한다.

이때 여자와 확실히 다른 점은 남자가 악감정을 분출하기 시작하면 여자와는 달리 새로운 자극을 주지 않는 편이 좋다는 것이다. 새로운 자극이 남자를 더 공격적으로 만들 수도 있기 때문이다. 이때 여자는 잠시 기다려준다거나, 곁을 떠나 있으면 남자는 이성적으로 다시 대화하려고 시도한다.

그러니까 내가 잘못을 인정하고 싶은 기분이 들지 않는 것은 내 입장에서는 남편의 긍정적인 자극을 충분히 느끼지 못했기 때문이다. 또 남편이 처음엔 화를 내다가도 나에게 대화를 시도하려고 하는 것 역시 내가 자리를 피하고 자극을 전혀 주지 않기 때문에 이성을 찾은 것일 수도 있다. 원래 알고 있는 사실일지 몰라도 이렇게 정리된 글로 읽으니 정말 그런 것 같기도 하다.

"–하지말기"가 아닌 "–해보기"

적어도 서로의 가족 이야기는 하지 말기
화난 상태에서 말없이 방에 들어가지 않기
서로를 비난하지 않기
아이들에게 감정 드러내지 않기 등

억압하고 하지 말아야 할 것들을 정하기보다 함께 할 수 있는 것들을 정하는 것이 보다 효과적이었다. "안아주기, 들어주기, 잘못 인정하기, 미안하다고 먼저 말하기" 등. 그러면 하지 말아야 할 것들을 떠올리며 참는 것보다 언제 이런 것들을 시도하는 게 좋은지 타이밍을 찾게 된다. 여자는 남편의 긍정적인 자극을 받아야 나쁜 감정이 치유된다. 그렇지 않으면 치유가 아닌 수 년 전 감정까지도 다시 기억해내는 놀라운 능력이 발휘되기 때문이다.

잘못을 인정 안 한다고 서로를 탓하는 것이 아니라, 인정하는 방법들을 찾고 실천하는 것이 중요하다. 그러면서 부부는 서로를 받아들이고, 더 이해하게 된다. 싸운 후 잘못을 인정하지 못하기 때문에 갈등이 깊어지는 부부가 많다. 나의 잘못을 떳떳이 인정한다는 것은 나의 자존심을 내려놓는 일이지만 배우자의 자존감을 높여준다. 성장하는 부부는 나의 자존심이 아닌 상대의 자존감을 더 중요하게 생각한다.

06

내 위치에 따라 보는 시각이 다르다

오후 4시.

이 시간은 지금 현재 당신에게 어떤 시간인가? 강의가 있는 날을 제외한 평일의 나에게 오후 4시는 아이들이 집에 돌아오는 시간대이다. 온 동네의 노란버스(영어 학원, 태권도, 어린이집, 유치원 등)들이 가장 많이 다니는 시간대이기도 하다. 이 시간대 아파트 단지 앞은 여러 디자인의 옷을 입은 노란버스의 천국이고, 이 노란버스를 기다리는 엄마들이 삼삼오오 모여 아이들을 기다리며 대화를 나누는 시간이기도 하다. 또 아이들에게는 놀이터의 그네를 타려면 줄을 서서 기다려야 하는 인내가 필요한 시간대이기도 하다.

회사에서의 오후 4시는 어떤가? 나의 기억을 더듬어보면 나른함을 이기기 위해 커피를 2~3잔은 마셨던 시간이다. 그리고 조금 있으면 다가오는 퇴근 시간을 위해 밀린 업무를 빨리 끝내야한다는 굳은 의지를 다졌던 시간이기도 하다.

강의할 때 오후 4시는 어떤 시간인가? 강사에게 이 시간은 졸고 있는 교육생들을 깨우고 다양한 진행방식으로 참여시키고 한 박자 쉬면서 다독여야 하는 '마의 시간'이다. 이처럼 내가 있는 위치에 따라 '오후 4시'도 늘 똑같은 오후 4시가 아니다. 당신은 지금 어떤 위치에서 매일 오후 4시를 맞이하고 있는가?

당신이 인터넷에 접속해서 가장 많이 서치하는 게 무엇인가? 최근 알레르기성 가려움증으로 고생했던 아들때문에 나의 검색기록의 대부분은 알레르기에 대한 것이다. 그만큼 난 알레르기 박사가 되어가고 있다. 또 아들이 한 때 비염으로 고생할 때는 소아축농증에 대해 반(半) 전문가가 되기도 했다. 6살 아이가 한글을 깨칠 때에는 학습지 한글선생님을 뛰어넘는 좋은 노하우를 갖고 있는 엄마 블로그들을 찾아 비법을 전수받았다. 내 마음속에 있는 것들이 입 밖으로 나오고 내 시간을 채우게 된다. 내 위치에 따라 내 마음의 구성물들이 달라지고 내가 성장하는 방법이 달라진다.

부모는 아이들이 크는 만큼 함께 자란다

부모는 아이들이 크면서 함께 자란다는 말이 있다. 아이가 100일이면, 부모도 100일만큼 자란 것이고, 아이가 3살이면 부모도 3살만큼 자란 것이다. 첫 아이 때 괌으로 여행을 다녀오고 나서 영민이는 심한 폐렴으로 병원에 입원했었다. 그때 당시 컨디션이 별로 좋지 못한 영민이를 데리고 무리하게 여행을 떠났었고, 더군다나 한국은 추운 겨울인 반면 괌은 더운 여름이었다. 영민이의 신체는 큰 온도 차이를 견뎌낼 수 있을 정도가 아니었던 것이다. 더군다나 아이 상태를 살피고 잘 쉴 수 있도록 해주어야 하는데, 열이 나는 아이에게 해열제를 먹이면서 수영을 시켰었다. 지금 생각하면 아프지 않는 게 이상한 것이었다. 그때 난 엄마로서 많이 서툴렀음을 깨달았다. 하지만 육아 8년 동안 나 역시 엄마로서 성장했고 많은 노하우가 생겼다. 지금은 아이들이 언제 감기에 걸릴 지 느낌으로 안다. 더울 때와 추울 때 아이들을 어떻게 다르게 살펴야 할지 알게 되었다.

난 괌 사건이후 아이들과 가는 해외여행에 대한 트라우마가 생겼다. 그래서 많이 긴장됐고 혹여 아이들이 아프지는 않을까 걱정이 되었다. 그래서 아이들을 고려해 한국과 기후가 비슷하고 비행시간이 길지 않은 나라를 여행지로 선택했다. 그리고 가기 1주일 정도부터 아이들의 좋은 컨디션을 위해 낮잠을 많이 재우려고 노력했고, 아이들에게도 아프지 않아야 재미있게 잘 놀 수 있으니 물놀이 후 잘 먹고 잘 자도록 협조를 구했다. 그리고 실내에선 에어컨을 강하게 틀어놓으니 물놀이 후 젖지 않은 옷으로 빨리 갈아입어야 한다고 말해주었다. 아이들이 잘 협조해주었고, 엄마인 나 역시도 그만큼 잘 알고 능숙해져 있었다. 육아 8년의 경험이 나를 서툰 병아리 엄마에서 닭으로 만든 것이다.

첫째와 둘째를 대하는 나의 육아태도 역시 변했다. 한 예로 첫째의 배변훈련은 요란하기 그지없었다. 첫째를 위해 귀엽고 앙증맞은 유아변기를 마련해 하루에 한 번 정도는 유아변기에 앉혔고, 고래 캐릭터 남아용 소변기도 따로 화장실에 달아두었다. 이렇게 노력을 기울였지만 첫째가 기저귀를 떼는 데는 많은 시간이 걸렸고 밤에 실수도 여러 번 했었다.

그런데 둘째는 어느 순간 엄마처럼 변기에 앉아보고 싶다고 했다. 그래서 바로 어른용 변기에 앉혔다. 놀랍게도 스스로 알아서 배변을 마쳤고 기저귀도 쉽게 떼었다. 남아보다 여아가 기저귀 떼기가 어렵다고 들어 마음의 준비를 단단히 하고 있던 나였다. 역시 부모가 편안해야 아이도 자유롭고 편안하게 받아들인다. 아이를 곁에 두고 엄마가 조급해지는 경험은 다반사다.

아이가 스스로 하도록 지켜보는 것, 그리고 뒤에서 살짝만 밀어주는 것. 힘들지만 아이를 키우다보면, 그리고 하나에서 둘을, 둘에서 셋을 키우다보면 엄마는 자신을 내려놓는 법을 알게 된다. 욕심을 버릴수록, 조급함을 버릴수록 아이가 편안해진다. 이 깨달음을 얻어야 진정한 육아의 달인이라 할 수 있다.

"

대부분 사람들이 꿈을 이루지 못하는 이유는,
막연한 희망사항으로만 가지고 있기 때문이다.
많은 부부들이 구체적인 꿈을 글로 써본 적이 없다.
부부의 버킷리스트는 무엇인가?
꿈은 휘발성이 많기 때문에 적자생존서대라 한다.
꿈은 적어두고 마음 속으로 되새기지 않으면
잊혀져 버리고 날아가 사라져 버린다.
부부의 꿈을 기록해보자.
무엇을 하고 싶고 남기고 싶고, 되고 싶고, 갖고 싶은가?
일단은 함께 적어보자. 그러나 꿈을 기록하는 것만이 목표가 아니다.
꿈을 실현하기 위해 함께 구체화시켜야 한다.

"

Chapter
05

"부부의 10년 주기"
청사진

부부의 목표설정은 방향을 결정하는
나침반이지 약도가 되어서는 안된다.

01

서로의 꿈과 가치를 공유한다

　요즘 결혼하는 젊은 부부들의 80% 이상은 연애결혼을 한다. 나 역시 연애결혼이고 중매로 사람을 선택할 수 있다는 생각은 결혼 전엔 못해봤다. 중매로 결혼하는 것은 스스로 이성을 만날 능력이 없는 것처럼 여겨졌고, 결혼을 상품화시킨다는 부정적인 견해를 갖고 있었던 것 같다. 그런데 『선택의 과학』의 저자인 시나 아이엔가는 중매로 결혼한 사람들이 보다 행복한 결혼생활을 한다고 말한다. 아이엔가 교수에 따르면, 연애결혼 부부의 경우 행복지수가 절정에 달하는 것은 막 결혼을 한 시점이라 그 후 행복지수는 점차 감소해 10년 후에는 더욱 낮아진다고 한다. 반면에 중매결혼한 부부의 경우, 결혼 초기의 행복지수는 다소 낮지만 시간이 지남에 따라 점차 높아져 10년 후에는 연애결혼 부부의 행복지수를 앞지른다고 한다.

결혼유형에 따라 행복지수가 차이나는 이유는 무엇일까? 이유는 간단하다. 중매결혼한 사람들은 연애 결혼한 부부에게는 없는 무언가가 있는데, 그것은 바로 '상대를 배우자로 선택해야만 하는 이유'다. 중매결혼의 경우 서로 간절히 결혼을 원했고, 자신이 결혼하고 싶은 상대가 누구인지를 고민했고, 자신의 꿈과 가치관에 어느 정도 일치하는 사람을 선택해 결혼한다. 반면 '서로 사랑하니까, 함께 있고 싶으니까, 헤어지기 싫으니까'라는 이유로 연애결혼한 사람들의 경우, 자신의 꿈과 가치관에 따라 상대를 선택하는 경우는 많지 않기 때문이다.

결혼의 비전은 나침반이지 약도가 아니다

부부가 함께 설정한 비전은 방향을 결정하는 나침반이어야지 약도가 되어서는 안 된다. 언제 아이를 낳을지, 5년 뒤 돈은 얼마를 모을 수 있을지, 이런 것들은 약도이다. 이대로 갈 수도 없을 뿐더러 약도를 따라가는 삶은 다른 많은 가능성을 닫아두는 삶이다. 결혼의 비전은 약도가 아닌 나침반이어야 한다. 나침반이 언제가 동서남북을 정확히 가리키듯이 절대 변하지 않는 결혼생활의 가치와 기준이 있어야 하는 것이다.

결혼 비전의 비전을 만든다는 것은 무슨 의미일까? 강사로서 첫 직장이었던 W사에서 교육 전 매일 함께 했던 인사말이 있다. "교육문화기업, 우리는 어린이의 10년 후를 생각합니다" 라는 문장이다. 나는 이 문장을 말할 때마다 무언가 울컥함을 느꼈다. 우리 회사에서 만든 책과 학습지, 단행본들이 우리 아이들의 10년 후를 결정지을 수 있는 의미 있는 것들이라고 여겼다. 이처럼 핵심가치는 조직원들을 하나로 묶어줄 수 있는 강력한 끈이 된다. 이것은 구성원으로서 어떤 선택을 해야 하는 상황에 놓이게 되었을 때 가장 먼저 고려하게 되는 바른 선택의 기준이 된다. 마찬가지로 결혼 비전은 부부를 하나로 묶어주고, 부부가 중요한 선택을 할 때마다 기준이 된다.

목표를 함께 만들기가 어려울 수 있다. 부부는 가장 가까운 친구이니 편한 대화부터 시작해보자. '우리가 생각하는 행복한 결혼 생활이란 어떤 것일까?', '우리가 이루고 싶은 가정은 이랬으면 좋겠다', '우리 이렇게 살면 참 멋지겠다', '우리 아이들에게 이런 부모의 모습을 보여주면 좋겠다' '나는 당신에게 이런 남편/아내이고 싶다' 등 자연스러운 대화에서부터 시작해보자.

그렇게 얘기를 하다보면 노후에는 어떤 삶을 살고 싶은지, 결혼 10년 후에는 어떤 모습이길 원하는지, 결혼 50주년에는 어떤 것을 해보고 싶은지 등에 대해 구체적인 비전을 가지게 될 것이다. 10년 후도 멀게 느껴진다면 현재의 모습부터 시작하라. 현재의 꿈이 무엇인지? 어떤 것을 원하고 갈망하고 있는지? 그것을 위해 무엇을 하고 있는지? 당신은 배우자를 구체적으로 알고 이해하고 있어야 한다.

어느 날 신랑이 어두운 표정으로 퇴근을 했다. 동료가 갑작스럽게 퇴사를 하면서, 많은 일들이 자신에게 몰려 무척 힘들어졌다고 한다. 동료는 4급 경력공무원에 합격하면서 퇴사를 했다. 그 동료는 주말에도 매일 나와 일을 해야 할 만큼 무척 바쁜 회사생활을 했다. 바늘구멍 통과하기라는 공무원 시험에 합격한 동료는 도대체 언제 공부했을까? 남편의 기억에 회사 워크숍 후에도 집에 가지 않고 도서관에 간다며 가방을 들고 가는 뒷모습을 본 적이 있다고 한다. 그렇게 3년을 공부하고 합격했다.

그 동료는 유치원 또래의 아이 둘을 키우는 아빠이기도 했다. 가족 입장에서 아빠는 평일에는 당연히 바쁘고 주말에도 가족과 함께 시간을 보낼 수 없는 남편이었을 것이다. 그런데 공무원시험을 가장 지지해준 것은 바로 그의 아내였다. 아내는 남편이 현재의 직장생활에 힘들어 하는 것을 알고 새로운 도전을 할 수 있게 집중하도록 배려했고, 남편은 피나는 노력 끝에 합격을 아내에게 선물한 것이다.

보통의 경우라면, 아내는 남편의 바가지를 긁는 게 맞다. '멀쩡하게 다니던 회사를 왜 관두려하느냐?' '공부한다고 주말에도 도서관 가고 애들은 나 혼자 키우란 말이냐?' '합격이 쉬운 줄 아냐?' 1년 정도는 기다려줄 수 있지만 3년은 정말 힘들었을 것이다. 부부는 공무원이 되면 저녁시간을 아이들과 함께 보낼 수 있게 되리라 기대하고 또 그런 모습을 지속적으로 상상했다고 한다. 그리고 주말에는 "나 회사 나가봐야 하는데"라는 미안한 말을 아내에게 하지 않고, 오로지 가족에 집중하는 자신의 모습을 생각했다고 한다. 공무원이 되면 당장 들어오는 매달 월급은 지금보다 적어지지만, 편안한 노년의 삶과 아이들과 많은 시간을 보낼 수 있는 데서 오는 행복을 상상한 것이다.

결혼 비전 구체화시키기

위의 부부처럼 현재의 목표를 공유하는 것부터 시작했다면, 이제 5년 후, 10년 후, 노후, 자녀교육과 같은 장기적인 것들을 같이 계획할 수 있다. 예를 들어 우리 부부는 아이들이 결혼하고 난 후의 우리 부부의 삶에 대해 이야기한다. 우리 부부의 노후의 꿈 중엔 늙어서도 어딜 갈 때는 손잡고 가기, 딸아이가 자녀를 낳으면 한 달에 한 번은 손자 손녀를 우리가 봐주고 딸 부부가 데이트할 수 있는 시간 만들어주기, 노후에는 시내 말고 교외에서 살기 등이 있다.

우리 부부의 자녀교육에 관한 꿈들은 살면서 감사할 일이 생길 때 제일 먼저 하나님께 감사하고 그 다음에 부모님을 생각하는 아이로 키우기, 잘 안 되는 일이 있더라도 남 탓 하지 말고 나로부터 이유를 찾는 아이로 키우기 등이다.

지금 우리 부부는 장래의 꿈들을 하나씩 구체화시키고 있다. 그렇다면 10점 만점에 근접하는 결혼생활을 할 수 있으리라 믿는다. 당신이 이제 막 결혼한 신혼이라면, 10년 후에 달성하고 싶은 목표들이 생길 것이다. 부부가 함께 미래에 대해 얘기하고 그 모습을 마음속으로 그리면서 꿈꾸는 것을 일상의 한 부분으로 만들어라.

02

나와 너를 제대로 인식하기

"아라! 우리 아라! 지금 뭐해? 밥 먹었어?"

어디선가 느끼한 목소리가 들려온다. 바로 도련님의 전화통화 소리
다. 이번 추석 때 들은 소식에 의하면 도련님이 무려 11살이나 어린 여
자친구에게 푹 빠졌다고 한다. 도련님이 35살인데 여자친구는 24살이
라니! 한창 꽃다운 나이 아닌가.

도련님의 연애스타일을 너무 잘 아는 아가씨 말에 의하면 이번엔
예전과 확실히 다르다고 한다. 지금까지는 여자에게 기대려고 하고,
사랑을 받으려고 하는 스타일이었는데, 이번엔 사랑을 마음껏 퍼주고
있고 누가 채가면 어쩌나 걱정되어 빨리 결혼하고 싶어 할 정도라고
한다. 하지만 안타깝게도 여자친구는 광주, 도련님은 서울에 있으니

도련님이 애가 탈만도 하다. 주말마다 먼 광주 길을 마다하지 않고 내려가고 있다. 저렇게 느끼하게 여자친구를 부르며 밥 먹은 게 뭐가 궁금한 건지, 참 좋을 때다.

생각해보면 남편과 나도 10년 연애였지만 슬럼프 없이 좋은 추억을 많이 나누었다. 남편을 처음 만나던 날부터 생각해보니 우리도 서로 많이 궁금해 했던 것 같다. 과거형으로 말하는 것은 지금은 상대적으로 덜하기 때문이다. 지금 무엇을 하고 있는 건지? 밥은 누구와 먹었는지? 보고 싶은 영화는 있는지? 가보고 싶은 여행지가 있는지? 그리고 어떤 선물을 주면 깜짝 놀라며 행복해할까? 어떻게 하면 더 많이 웃을 수 있게 할 수 있을까? 남편은 연애시절 늘 이런 걸로 고민했다. 나에 대해 더 많이 알고 싶어 했고 지나가듯이 대수롭지 않게 내뱉은 나의 말을 일일이 기억하고 내가 좋아하는 것을 선물해주었다.

지금 당신의 상태는 어떠한가? 지금 남편이(아내가) 어떤 고민을 하고 있는지, 최근 보고 싶어 했던 영화는 있는지, 오늘 회사에서 무슨 일은 없었는지, 상대의 상황에 대해 잘 알고 있는가? 어느 순간 우리는 서로를 향한 "질문"을 더 이상 하지 않기 시작한다.

배우자 정보 버전. 수시로 업데이트하기

몇 달 만에 높은 층수의 아파트가 불쑥 올라서 있고, 강산도 쉽게 변하는 세상에 배우자라고 변하지 않을까? 좋아하는 음악도 달라졌을 수 있고, 최근 관심을 갖게 된 새로운 분야가 생겼을 수도 있다. 우리의 카톡엔 매일 새로운 사람들이 뜨고, 페이스북 같은 사이버 공간에서 우리는 새로운 친구들을 추가하며 이들의 일상과 관심거리들을 들여다보며 산다. 그러나 정작 내 바로 옆에 있는 배우자의 정보 버전은 결혼 전 버전이거나 아이가 태어나기 이전 버전인 경우가 많다. 매일 새롭게 정보를 업데이트해야 한다. 업데이트를 하는 방법은 하나뿐이다. 부부 간에 대화를 해야 하고 서로 질문을 해야 한다.

남편은 선택의 상황이 생기면 늘 나에게 먼저 선택권을 주었다. 메뉴를 결정할 때도 "뭐 먹고 싶어?"라고 먼저 물었고 나의 대답에 따라 그날의 메뉴는 결정되었다. 한번은 남편이 "오늘 더운데 냉면 어때?"라고 물었던 적이 있는데 "냉면 싫어, 밥 먹자"라는 나의 말에 밥을 먹으러 갔던 적이 있다. 난 얼마 후에야 알 수 있었는데 남편은 냉면을 정말 좋아하는 사람이었다. 나에게 "냉면 먹고 싶으니 냉면 먹으러 가자"라고 했으면 내가 밥을 먹고 싶었어도 남편 뜻에 따라 냉면집으로 갔을 텐데 남편은 나에게 직접 표현하지 않았던 것이다. 남편은 자기가 원하는 것보다 상대를 우선시 하는 사람이였다.

부부의 사전 만들기

부부가 서로를 제대로 알아가기 위한 첫 단계는 바로 부부감정인식
이다. 나와 너에 대한 깊은 이해를 통해 '결혼 10년 단위 청사진'을 그
릴 수 있기 때문이다. 부부감정인식은 질문을 통해 상대를 알아가는
것이다.

다음의 '부부 사전' 12개를 작성해보자. 부부 사전이란 서로에 대
해서 얼마나 잘 아는가를 보여주는 사전이다. 즉, 서로의 내면세계에
대한 인식의 수준이며 부부관계의 기초가 된다.

부부 사전을 작성하는 방법은 다음과 같다.

첫 번째, 먼저 각 항목에 대한 자신의 사전을 작성한다.
두 번째, 배우자의 사전을 완성해보자. 잘 모르겠더라도 일단 써보
는 것이 중요하다.
세 번째, 두 사람 모두 작성한 것을 바탕으로 쌍방향 질문을 통해
사전을 수정·보완하여 부부 사전을 완성한다.

〈우리 부부의 사전 만들기〉

	부부 사전 질문항목	나	배우자
1	배우자의 가장 친한 친구 2명 이름은?		
2	처음 만날 날 배우자가 입었던 옷은?		
3	요즘 배우자가 스트레스 받고 있는 일은?		
4	양가 친척 중 배우자가 가장 싫어하는 사람은?		
5	양가 친척 중 배우자가 가장 좋아하는 사람은?		
6	배우자가 5년 안에 꼭 이루고자 하는 꿈은?		
7	배우자가 어릴 때 가장 자랑스러웠던 일은?		
8	배우자가 가장 수치스러워 했던 일은?		
9	배우자가 가장 좋아하는 스포츠는?		
10	배우자가 가장 존경하는 인물은?		
11	배우자의 가장 큰 경쟁자(또는 적수)는?		
12	배우자가 가장 걱정하는 일은?		
13	가장 싫어하는 동물은?		
14	가장 좋아하는 동물은?		
15	가장 싫어하는 음식은?		
16	가장 좋아하는 음식은?		
17	배우자가 가장 두려워 하는 일은?		
18	힘들 때 가장 가고 싶어하는 장소는?		
19	가장 좋아하는 가수나 음악은?		
20	배우자의 주민등록 번호는?		

이렇게 작성된 부부 사전은 부부만의 스토리텔링이 되고 대화의 바탕이 되어준다. 처음에 작성할 땐 3~4개 답변하고 나면 더 이상 볼펜이 움직여지지 않을 수 있다. 그것은 배우자가 꿈이 없다거나 좋아하

는 노래가 없어서가 아니다. 관심을 갖고 스스로에게, 또 배우자에게 물어보지 못했기 때문에 알지 못하는 경우가 더 많다. 지금부터 제대로 된 부부만의 10년 청사진을 만들어가려면 서로가 서로를 잘 알고 많은 질문들을 통해 부부만의 부부사전을 늘려가야 한다. 그래야 '결혼 10년 단위 청사진'을 그릴 수 있다.

03

나의 감정을 현명하게 표현하고
감정조절하기

남편과 말다툼을 하였다. 남편이 혼잣말처럼 하는 말들...화가 나서 입을 닫아버린 날 보고 남편은 중얼거린다. 아직도 우린 갈 길이 멀다고…….

화가 났을 때 사람이 보이는 반응은 다양하다. 우리 부부를 보면 화가 났을 때의 모습이 정말 극과 극이다. 먼저 나의 경우는, 정말 화가 나면 아무 말도 안한다. 눈과 귀, 입을 모두 닫아버린다. 그리고 그냥 내 마음속 동굴로 들어간다. 만약에 남편이 내 동굴에 들어오려고 하면, 다른 동굴로 피해 달아나버린다. 유아적인 방법이라는 것을 알지만, 쉽게 고쳐지지 않는다. 사실 내 딴에는 화를 삭일 혼자만의 시간이 필요한 것이다.

반대로 남편은 화가 나면 말을 많이 하는 편이다. (이것도 내 입장에서 바라본 생각이다.) 그것도 아주 논리적이고 이성적으로 말을 쏟아놓는다. 화가 나면 이성을 잃고 앞뒤가 안 맞는 말들을 늘어놓는 나와는 반대로 남편은 화가 나면 더 논리적이고 이성적인 사람이 돼버리니 나는 이게 정말 싫었다.

꼼꼼하고 확실한 거 좋아하는 남편을 내가 말로 이길 재간은 없다고 판단했기 때문인지도 모른다. 강사로 오래 일한 난 적어도 말로는 누구 앞에서도 기죽지 않을 자신이 있는데, 남편은 정말 강적이다. 난 화가 나서 아무 말도 하고 싶지 않은데, 잠깐이라도 떨어져 혼자 생각할 시간이 필요한데 남편은 평소보다 더 많은 말들을 하려고 한다. 자기가 왜 그렇게 행동했는지, 자기가 지금 느끼는 감정은 어떤지, 나의 어떤 말에 화가 났는지 등을 논리적으로 자세히 설명하려고 한다. 한참을 혼자 말하고 나서야 남편은 포기한다. 이게 우리 부부의 싸움패턴이었다.

우리 둘은 평생 이렇게 싸워야할까?

남편은 불편하고 안 좋은 감정으로 한 집에 있는 것을 못 참아한다. 그래서 빨리 화해하고 싶어 하고, 빨리 화해를 하고 싶으니 자기의 상황과 감정을 말로 자꾸 설명하려고 하는 것이다. 그런데 나는 화해보다 중요한 게 있다. 바로 상황과 생각을 정리할 시간이 필요하다. 남편은 '둘이 화해를 해야 뭘 어떻게 할지 힘을 합쳐 생각할 거 아니야?' 고 말하지만, 난 먼저 생각하고 감정이 정리돼야 화해가 가능하다. 이러니 난 동굴로 들어갈 수밖에 없는 것이고, 그럴 때마다 남편은 답답해 미칠 지경이 된다. 내 친구 한 명은 자기네는 반대라고 말한다. 남편이 동굴에 들어가고 남겨진 자기는 답답해 미칠 것 같다고 한다. 우리 둘은 정말 이렇게 평생 싸워야할까?

화가 났을 때 자신의 감정을 이해하고 조절하는 능력은 매우 중요하다. 자신의 감정을 조절한다고 해서 감정을 숨기는 것이 아니라 그것을 지혜롭게 상대에게 표현할 수 있어야 한다. 그러니까 부부싸움에서 난 내 감정을 잘 조절하지 못했던 것이다. 내 감정을 외면하거나 숨기지 말고 남편에게 감정을 솔직하게 표현해야 했다. 나는 보수적이고 엄격한 집안에서 자란 탓인지 솔직한 감정 표현에 능숙하지 못하다.

흥분된 편도 가라앉히기

우리 뇌에는 감정을 인식하는 기능이 있다. 뇌에는 신피질, 변연계, 뇌간 등이 있는데 특히 변연계는 감정과 화를 다루는 중추적 역할을 한다. 변연계의 가장 중요한 구조물에 해마와 편도가 있는데 이것들의 기능을 아는 것은 부부싸움의 방식을 이해하는 데 필요하다. 해마는 우리 생활 속의 사실지식과 연관지식들을 축적해 놓고 있으며, 편도는 기쁨, 슬픔, 혐오, 공포, 분노 등과 같은 감정을 관리한다. 동물들은 대부분 편도가 무척 크다. 즉 본능의 지배를 받는다고 할 수 있다.

그리고 해마는 정서적인 기억을 담당한다. 따라서 감정이라는 것은 해마와 편도에 의해 좌우되는 것이다. 편도는 사고 두뇌인 신피질이 의사 결정을 이끄는 순간까지 편도가 행동을 통제한다. 즉 약간 느리지만 완벽한 정보를 갖춘 신피질보다 편도는 즉시라도 행동에 뛰어들도록 한다는 점이다.

만약 부부싸움이 격해지면서 편도가 무척 흥분되었다고 가정해보자. 편도가 흥분되면 이성의 뇌가 정확한 판단을 내리기 전까지 우리는 편도와 해마에 의해 좌우된다. 그리고 과거의 지식들을 축적해놓고 있던 해마는 연관 사건들을 불러와 그때의 감정 상태로 날 몰아넣는다. "지난번에도 이랬었지. 내가 하지 말라고 했지? 그때 분명히 싫다고 했는데도 또 이럴 거야?" 이럴 때 난 동굴로 들어가는 것이고, 남편은 자기를 방어하기 위한 말을 쏟아내는 것이다. 이런 편도의 흥분을 가라앉히는 방법은 무엇일까? 나처럼 동굴로 들어가 버리는 것일까? 남편처럼 이성적인 설명으로 해결하는 것일까? 아니다. 방법은 딱 하나이다. 바로 감성적인 자극이다.

화해를 이루는 나만의 필살기

이럴 때 부부 간에 감정을 조절하고 한 박자 쉬어가는 능력이 필요하다. 나를 잘 아는 남편은 언젠가 나를 무장해제 시키는 방법을 개발해냈다. 바로 '웃기기'이다. 남편은 감정이 격해 점점 말을 잃어가는 날 보면 예기치 않은 말로 나를 웃겨버린다. 그러면 난 웃지 말아야지, 절대 웃지 말아야지 하다가 웃음을 참지 못하고 터뜨린 적이 여러 번 있다.

우리는 보통 사소한 일들로 싸움을 시작한다. 이럴 때 싸움이 더 커지기 전에 상대를 화해로 끌어들일 수 있는 감성적 무기들이 필요하다. 당신은 어떤 무기를 갖고 있는가? 남편(아내)에게 한방에 먹히는 필살기를 개발해 가지고 있어야 한다.

아이들이 잠든 밤, 한바탕 소동이 지나가고 남편과 맥주 한 잔을 하며 이야기 한다. 서로간의 솔직한 이야기들이 오고간다. 아무리 화가 나도 감성적 연결통로 하나는
"우리가 살면서 안 싸울 수는 없잖아. 앞으로도 우리는 계속 싸우면

서 살 거야. 싸우더라도 서로 마음속에 작은 창문 하나 정도는 열어두
자. 난 네가 내게 문을 다 닫아버렸다고 생각하면 가만있을 수가 없어.
그래서 더 말을 하려고 하는 것 같아. 나도 기다려줄 테니까, 너도 창
문 하나는 꼭 열어둬"

04

나 자신을 위한 자기 동기화

내 주변에 있는 한 강사님은 결혼 후 별탈 없이 결혼생활을 잘 유지하고 있었다. 남편의 사업은 잘 유지되었고 집에 현금도 넉넉히 갖고 있어 여유롭고 행복했었다. 그런데 어느 날 남편은 갖고 있는 돈이 있냐고 물었다고 한다. 남편은 주변에 돈을 빌리기 시작했고, 친정에서도 큰 액수의 돈을 빌렸었다. 그러다 몇 달 후 강사님의 집은 40평대 살던 아파트에서 반지하 단칸방에 4식구가 쫓기듯 이사를 갔다. 4식구는 좁은 지하 단칸방에서 심지어 시어머니까지 모시고 살게 되었다.

그때부터 강사님은 결혼 전 했던 강의를 다시 하기 위해 무척 애썼다. 강의료를 주지 않아도 무료로 강의해 드릴테니 강의무대에 설 수 있게 해달라고 했다. 경력단절이 된 강사님에게 강의의뢰는 아무 곳에서도 들어오지 않았다. 쉬는 동안 강의의 트렌드 및 강의기법은 많이 바뀌었었다. 하지만 거기서 멈추지 않았다. 동네 복지센터 노인들을 대상으로 무료강의하며 감을 다시 살리기 위해 노력했고, 정부에서 지원하는 무료교육을 들으러 다녔고, 후배 강사라도 강의를 배우기 위해 먼 길도 마다하지 않았다.

지금 강사님은 명강사이다. 5월 한 달 동안 강의가 없는 날은 몇 일 없었다. 하루에 2~3곳에서 강의할 만큼 바쁜 날을 보내고 있다. 이렇게 될 수 있었던 원동력은 무엇일까? 집의 부도로 인해 극한 상황에 처했기 때문일까? 맞다, 시작은 그랬다. 무슨 수를 써서라도 아이들을 위해서라도 돈을 벌어야했다. 하지만 지금은 평균 연봉이 1억이 넘는 강사이다. 돈을 위해서만 강의하지 않는다. 강사님은 자신의 것을 나누어 주고 있다. 후배들을 위해 소수정예 강사양성과정을 다른 곳과 비교할 수 없을 정도로 저렴한 강의료로 자신의 것을 나누어준다. 그 강사님의 카톡대화명은 '더불어 성장하는 삶'이라 되어있다. 본인이 힘든 시기를 겪을 때 자신을 이끌어 주고 알려주는 사람이 없어 무척 힘들었기 때문에 자신은 누군가에게 길을 제시하는 사람이 되고 싶다고 한다. 자신의 것을 움켜쥐기보다 더불어 성장할 수 있도록 주변사람들을 돕고, 스스로 모범이 되는 강사의 길을 가고 있다.

7가지 질문을 통해 스스로 정신을 가다듬는 작업이 필요하다

아래 7가지 질문에 대해 당신의 마음에 처음 떠오르는 것들을 작성해보자. 배우자와 자녀를 제하고 오로지 당신 자신만 생각하며 작성해야 한다.

1. 내 인생에서 가장 가치 있다고 생각하는 5개는 무엇인가?
2. 현재 내가 가지고 있는 가장 중요한 목표 3개는 무엇인가?
3. 내 삶이 6개월 밖에 남지 않았다면 무엇을 하겠는가?
4. 당신이 갑자기 벼락부자가 되었다면, 어떻게 다르게 살아보겠는가?
5. 당신이 항상 원했으나 시도하기 두려운 것은 무엇인가?
6. 어떤 일을 할 때 가장 행복하다고 느껴지는가?
7. 만약 당신이 절대 실패하지 않는다고 가정할 때, 꼭 하고 싶은 것은 무엇인가?

위의 각 질문에 대한 답은 다음의 의미를 갖는다.
1. 당신이 가치 있다고 여기는 5개는 당신의 행복의 문을 여는 열쇠이다.
2. 가장 중요한 미래의 목표는 현재의 당신에게 가장 중요한 관심

사가 무엇인지를 말해준다.

3. 당신의 기본 가치관과 연결된다.

4. 선택의 완벽한 자유를 누리게 되었을 때 당신이 누리고 싶은 것
   이다

5. 무엇이 당신의 잠재능력을 제한하는지 생각하게 한다.

6. 무엇이 당신에게 자부심을 주는지 알 수 있다.

7. 당신이 절실히 원하는 게 무엇인지를 말해준다.

위의 7가지 질문에 끊임없이 질문하고 답을 찾아야한다. 그래야 내가 진정 무엇을 원하는지를 알고 스스로 동기부여 할 수 있다. 음악을 듣든, 피아노를 치든, 정원을 가꾸든, 영혼을 풍요롭게 하는 자신만의 시간을 가져야한다. 이는 비행기에서 비상사태가 발생했을 때 따라야 할 안전매뉴얼과 같다. 엄마가 먼저 산소마스크를 쓰고 아이에게 씌워 줘야 한다. 아이보다 엄마가 먼저 산소마스크를 써야 아이를 위급상황에서 구해낼 수 있다. 이처럼 엄마가 먼저 동기부여가 돼있을 때 아이도 꿈을 키우며 엄마와 더불어 성장할 수 있다.

05

부부간의 공감이해력을 통한 꿈찾기

"자, 오늘은 우리 가족이 무엇을 하는 날이지요?"

우리 집에는 우리 집만의 문화가 있다. 우리는 일주일에 한번 '같은 신앙공동체로서의 가정예배'를 드린다. 이것이 우리 집의 대표적인 문화이다. 예배를 드리는 것은 종교적 믿음에 따른 행위이지만 이 행위를 통해 가족의 결속력을 강화하고, 가족에 대한 자부심과 책임감을 더 강하게 느끼게 된다. 우리 가족은 지난 한 주 동안 있었던 일들을 감사하고, 시작되는 한 주에 있을 우리 가족의 주요 행사와 일정들을 위해 기도한다. 또 서로를 위해 기도할 제목들을 나누기도 한다. 5살 하선이부터 우리 집 가장인 아빠까지 각자 마음의 소원을 말하고 함께 기도하고, 성경말씀을 읽고 나눈다. 이 문화 속에서 가족의 꿈을 나누고, 불투명한 미래이지만 서로 응원하고 기도하고 힘이 되어준다.

그래서 8살 영민이는 우리 부부의 고민과 계획들을 비교적 잘 알고 있는 것 같다. 영민이에게 우리 부부가 갖고 있는 진지한 고민들을 따로 이야기해준 적은 없지만 영민이는 잘 이해하고 있는 것 같다.

"엄마, 우리 이사가는 건 정해졌어? 아직 몰라?", "고모 결혼하면 아이 언제 낳아? 고모가 늦게 결혼했으니 빨리 낳으면 좋잖아." 영민이의 질문들은 날 놀라게 한다. 어떻게 아느냐고 물으면 '가정예배 때 엄마가 기도했잖아' 라고 말한다.

우리 가족만의 기념비 세우기

우리가 결혼 초기부터 가족의 문화가 있었던 것은 아니다. 갈등과 어려움을 겪으면서 우리 부부에게 가장 힘이 되고 긍정적 에너지를 서로에게 불어넣을 수 있게 해준 것은 서로를 향한 기도였다. 우리는 기독교적 예배를 가족의 문화적·종교적 정체성을 지킬 수 있는 의식이라고 생각했기에 아이들과 매주 가정예배를 드렸다. 처음엔 「사도신경」과 「주기도문」을 보고 읽던 영민이는 몇 개월 만에 둘 다 외웠고, 처음엔 간단했던 기도도 조금씩 구체적으로 할 수 있게 됐다.

가족의 기념비로 세울 수 있는 것은 무엇일까? 쉽게 할 수는 없지만 너무 부담스럽고 하기 어려운 것은 안 되고, 또 꾸준히 지속적으로 할 수 있는 것이어야 한다. 그것을 부부는 찾아내고 그것에 온 가족이 참여해야 한다.

페이싱(PACING)을 통한 부부의 터닝 포인트

관계의 영역 중 가장 기본이 되는 것이 라포르(rapport)와 페이싱(pacing)이다. 라포르란 사전적인 용어로 관계, 접촉, 화합을 의미하고 페이싱은 상대가 결국은 나를 자연스럽게 따르게 만드는 것을 말한다. 즉 라포르는 상호적인 것이지만 페이싱은 누가 먼저 하느냐가 중요하다. 중요한 것은 누구든 먼저 페이싱을 하는 쪽이 그 관계를 리드(lead)하게 된다는 점이다.

남편이 어느 날 이런 이야기를 했었다. "나한텐 이제 한계란 게 없는 거 같아. 어디까지가 힘든 것이고, 어디까지가 참을 수 있는 것인지 잘 모르겠어. 너무 힘들어도 그것을 혼자 견디고 참아오는 게 당연한 게 되어버려서 이제는 한계가 어디까지인지도 모르겠어. 그런데 요즘은 '이런 게 한계인가' 라는 생각이 들어. 그냥 내 마음이 그래. 이젠 하고 싶은 것도 사라지고, 재미있는 것도 없어지고, 그저 아이들하고 있는 게 행복이지 뭐"

나는 많이 놀랐다. 남편이 여러 가지 일들로 힘들어한다는 것은 알았지만 이렇게 말할 정도로 힘들어하는 줄은 몰랐다. 남편에게 기대는 사람은 많지만, 정작 자신은 기댈만한 누군가가 없는 사람인거다.

페이싱을 시작한 사람이 그 관계의 리더가 된다고 하지 않았나? 그러면 '오늘부터 우리가 함께 할 수 있는 것을 해보자.' 나는 이렇게 제안을 했고, 그 제안에 대한 답으로 남편은 가정예배를 생각해냈다.

그렇게 해서 우리는 회복되었다. 터닝포인트란 어떤 상황에서의 전환점을 의미한다. 우리는 일상생활에서 페이싱을 통해 가까운 주변 사람들과의 관계에서 결정적인 터닝포인트를 만들 수 있게 된다. 부부관계 역시 배우자의 협조와 상대에 대한 페이싱을 통해 결정적인 터닝포인트를 갖게된다. 그러려면 우선 서로에 대한 공감적 이해력이 충분히 있어야 한다.

06

부부가 함께 그리는 청사진

셀프리더십 강의 때 버킷리스트, 꿈의 지도를 작성하는 시간이 있다. 이때 내가 원하는 것, 갖고 싶은 것, 이루고 싶은 것을 작성한다. 교육생들의 특징을 보면 2~3개 정도는 쉽게 써내려간다. 그런데 그다음부터는 볼펜이 멈춰 잘 써지지가 않는다. 막상 적어보려니 내가 무엇을 원했고, 갖고 싶고, 바랐는지 몰랐던 것이다. 이것은 꿈이 없어서가 아니라 한 번도 제대로 생각해 본 적이 없기 때문이다. 마찬가지로 우리도 배우자와 함께 한 번도 꿈의 지도를 그려본 적이 없고 생각해보지도 않았기 때문에 어떻게 그리는지 모르는 것이다.

결혼한 부부들 중 결혼의 목표를 세우는 부부는 의외로 극소수다.

재테크, 내 집 마련 계획은 같이 세워도 부부가 함께 이루고 싶은 꿈, 비전을 세우는 경우는 드물다. 결혼생활의 순항을 위해 목표를 함께 세우는 것은 무척 중요하다. 목적지와 방향도 없이 항해를 할 수는 없다. '부부의 결혼생활의 목표는 무엇이고, 그 목표가 어떻게 실현되길 바라는지? 결혼생활을 통해 보여주고 싶은 것은 무엇인지? 결혼생활에 대해 기대하는 바는 무엇인지?' 등 실질적이고 구체적인 목표를 세워야 한다. 다 이룰 수 없는 계획이라도 있어야 스스로에게 동기를 부여해 근사치의 결과를 얻을 수 있다. 이렇게 결혼생활의 목적의식이 있어야 나무가 아니라 숲을 볼 수 있다.

부부가 함께 보는 틀(frame)을 넓혀라

부부의 인생 네비게이션이 제대로 작동하고 있는가? 부부 인생의 지도는 Fact가 아니다. 서로가 서로를 통해 비춰지는 것일 뿐이다. 비가 온다(객관적인 사실)고 할 때 '우울하다'고 느끼는 사람이 있는가 하면 어떤 사람은 '분위기가 좋다'라고 느낀다. 이것은 객관적인 사실을 받아들이는 방식이 각자 다르기 때문이다. 마찬가지로 부부가 서로를 긍정적으로 비춰주고 있다면 인생의 비가 내려도 우울해하지 않고 분위기 좋다고 느낄 수 있다.

대부분 사람들이 꿈을 이루지 못하는 이유는, 막연한 희망사항으로만 가지고 있기 때문이다. 많은 부부들이 구체적인 꿈을 글로 써본 적이 없다. 부부의 버킷리스트는 무엇인가? 꿈은 휘발성이 많기 때문에 적자생존시대라 한다. 꿈은 적어두고 마음 속으로 되새기지 않으면 잊혀져 버리고 날아가 사라져 버린다.

부부의 꿈을 기록해보자. 무엇을 하고 싶고 남기고 싶고, 되고 싶고, 갖고 싶은가? 일단은 함께 적어보자. 그러나 꿈을 기록하는 것만이 목표가 아니다. 꿈을 실현하기 위해 함께 구체화시켜야 한다.

다음과 같은 표를 부부가 함께 작성해보자

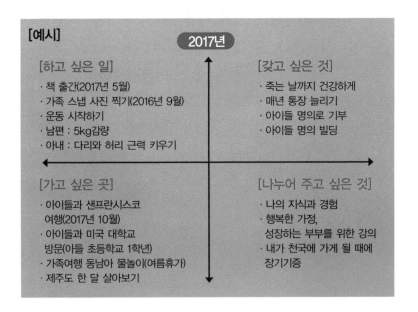

[예시] 2017년

[하고 싶은 일]
· 책 출간(2017년 5월)
· 가족 스냅 사진 찍기(2016년 9월)
· 운동 시작하기
· 남편 : 5kg감량
· 아내 : 다리와 허리 근력 키우기

[갖고 싶은 것]
· 죽는 날까지 건강하게
· 매년 통장 늘리기
· 아이들 명의로 기부
· 아이들 명의 빌딩

[가고 싶은 곳]
· 아이들과 샌프란시스코 여행(2017년 10월)
· 아이들과 미국 대학교 방문(아들 초등학교 1학년)
· 가족여행 동남아 물놀이(여름휴가)
· 제주도 한 달 살아보기

[나누어 주고 싶은 것]
· 나의 지식과 경험
· 행복한 가정, 성장하는 부부를 위한 강의
· 내가 천국에 가게 될 때에 장기기증

어느 부부에게나 위기가 찾아온다.
그때 활용할 수 있는 리스트가 있어야 한다.
이 책은 장롱 속에 넣어두었다가 위기가 왔을 때
꺼내어 볼 수 있는 "위기 리스트" 같은
책이 되길 바란다.

66

부부는 사소한 것들로 종종 부딪힌다.

시작은 사소했지만 싸움은 커진다.

이때 행복한 부부와 그렇지 못한 부부의 차이가 생긴다.

사소한 다툼에서도 다시 화해하고

예전처럼 돌아갈 수 있는

회복탄력성이 있어야 잘 사는 부부인 것이다.

99

Chapter
06

무엇이 결혼을
성공시키는가?

결혼 후에도 정말 사랑을 유지하며 사는 부부가 있을까?
맞다. 사랑을 유지하는 부부들이 있다.
간혹 중년 남녀가 손잡고 걸어가도 불륜이 아닌 부부일 수 있다.

01

행복한 부부의 5가지 비밀무기

　남편은 가스렌지 차단기에 예민하다. 가스렌지 불을 *끄고* 차단기까지 돌려놓아야하는 것이다. 요리를 많이 하는 나의 입장에서는 또 가스렌지를 켜야 하는 상황이 많기 때문에 외출하거나 밤에 잠들기 전에만 잠근다. 하지만 남편은 가스렌지를 사용하고 나면 바로 잠그기를 원한다. 사실 남편의 이런 행동엔 이유가 있다. 남편은 화학분야 연구원으로 화학실험 중 동료가 다쳐 병원에 실려 가는 것을 보기도 하고, 남편이 보호 장치를 제대로 하지 않고 실험하다 화학물질이 눈에 들어가 크게 놀란 적도 있기 때문에 안전에 특히 민감하다.

　나 역시 집안에서 예민한 부분이 있다. 바로 화장실 변기 커버이다. 볼 일을 보고 물을 내릴 때 변기커버를 내려놓고 물을 내려야한다. 변기커버를 내리지 않고 물을 내릴 경우 화장실 안에 있는 수건, 칫솔 등에 세균이 튀기는 것을 막기 위해서다. 아내인 난 위생과 청소에 특히 예민하다. 결혼생활 8년째이고 남편에게 수도 없이 얘기했지만 여전히 남편은 변기커버를 안 내릴 때가 내릴 때보다 더 많다.

부부의 회복 탄력성이 중요하다

우리 부부는 이런 사소한 문제들로 종종 부딪혔다. 아무리 시작이 사소해도 싸움은 커지기 마련이다. 이때 행복한 부부와 그렇지 못한 부부의 차이가 생긴다. 사소한 일로 시작한 다툼 이후에도 화해하고 예전처럼 돌아갈 수 있는 회복 탄력성이 있어야 잘 사는 부부인 것이다.

내 친구 부부는 남편이 꽤 유명한 만화가이다. 그렇다보니 남편의 생활이 규칙적이질 않고, 작품에 몰입할 때면 며칠씩 밥도 안 먹고, 안 씻고, 방에서 나오지도 않는다. 죽었는지 살았는지조차 아내는 알 방법이 없다. 남편은 자기만의 세계가 강하고 그 영역으로 아내가 넘어오면 무척 화를 낸다.

반면 친구는 여장부의 기질이 있다. 남편에게 기죽기 싫어하고 씩씩하다. 그런 두 사람이 부부싸움을 할 때는 격렬하다. 과하다 싶을 정도로 열정적으로 싸운다. 집안의 물건 1~2개는 박살이 나고, 옆에서 지켜보기 무서울 정도로 싸운다. 그런데 두 사람은 싸우지 않을 땐 사이가 참 좋다. 나는 이 부부에게 어떻게 양 극단을 그렇게 오가는지 정신병원에 가서 상담을 받아보라고 농담을 던질 정도다. 두 사람의 싸움은 격렬해도 오래가진 않는다. 친구의 표현으로는 싸우면서 이미 감정이 풀리기 때문에 오래 그 감정을 품고 있을 수가 없다고 한다. 싸우고 난 후의 친구 부부는 회복 탄력성이 빠르고 서로에 대해 감정의 뒤끝이 없다.

이혼으로 가는 부부패턴

부부 전문가 존 가트맨 박사는 부부 3천 쌍의 상호작용을 비디오로 찍어 상세히 분석한 결과 이혼으로 가는 부부에게 공통적인 대화패턴 4가지가 있음을 발견했다. 바로 비난, 역공, 경멸, 담쌓기이다.

부부 간의 대화를 관찰해보면 행복한 부부는 격한 감정에 휩싸여 대화하더라도 비난, 역공, 경멸, 담쌓기의 단계로 가기 전에 다른 행동(상대방 손잡기, 상황전환 유머, 잠깐 자리비우기 등)으로 분위기를 전환시키는데 반해, 이혼으로 가는 부부들은 도대체, 왜, 만날, 결코, 항상 등의 비난조의 단어 사용이 많다는 점이다. 또 비난을 받은 상대는 거의 반드시 역공을 취한다. "너도 그랬잖아. 넌 뭘 잘했다고" 이런 식으로 책임을 전가하거나 상대가 한 말을 돌려주는 방식으로 역공을 한다.

세 번째로 위험한 것은 '경멸'로, 상대를 죄인 취급하거나 나보다 못한 사람으로 분류하는 것이다. "네 주제 파악이나 해" 같은 표현이다.

마지막이 '담쌓기'이다. 아예 없는 사람 취급하는 것이다. 상대와 시선을 맞추지 않고 내게 말을 걸어도 내 방으로 들어가거나 나가버려 그냥 외면하는 행동이다. 이런 4가지 행동이 반복적, 지속적으로 부부 사이에 행해지면 그 부부는 거의 이혼하게 된다는 게 가트맨 박사의 결론이다. 우리가 이혼하기 위해 일부러 노력하는 게 아니라면 당연히 이런 말투와 패턴은 부부 관계를 파탄으로 몰고 간다.

출처: 『최성애박사의 행복수업』, 최성애 지음, 해냄출판사, 2010년.

잉꼬부부, 어떻게 하면 되는 건대?

공부 잘하는 아이들은 공부를 잘할 수밖에 없는 장점들을 갖고 있다. 수업내용 정리를 잘 하고 예습복습이 철저한 학생도 있고, 쉽게 기억하고 외울 수 있는 암기노하우를 갖고 있거나, 진도가 좀 느려도 쉬지 않고 노력할 줄 아는 성품인 경우도 있다.

마찬가지로 행복한 삶을 살아가는 부부들에게도 노하우가 있다. 어떻게 하면 우리도 그들처럼 살 수 있을까? 반대로 이혼하는 부부들에게도 최성애 박사가 관찰한 것처럼 공통된 패턴이 있다. 먼저 행복한 부부의 삶을 벤치마킹할 필요가 있다. 그들이 행복한 이유를 찾아내고, 내 삶에 적용하고 실천하도록 하자. 이러다보면 우리 부부의 성향과 사정에 잘 맞는 노하우를 개발할 수 있게 될 것이다.

나는 행복한 부부의 공통점 5가지를 찾아냈다.

1) 그들 부부는 아이들의 롤모델이 되길 원한다.
2) 육아와 가사를 부부 공동의 업무로 여기되 상황에 따라 비율이 언제든지 바뀐다.
3) 부부 간의 사랑을 유지하기 위한 사랑의 언어를 알고 있다.
4) 부부 간에 따뜻한 말들을 나눌 줄 안다.
5) 서로를 힘써 돕지만, 끊임없이 각자의 자기계발을 위해 노력한다.

이처럼 성공적인 결혼10년을 위해서 행복한 부부가 일반적으로 보여주는 5가지 특징을 잘 알고, 이를 내 일상에서 실천해보자. 다음 장부터 5가지 법칙을 자세히 설명하고자 한다.

02

부부는 아이들의 롤모델이다

"누가 이랬어? 얼굴이 이게 뭐야? 흉터지면 어떡해? 누가 그랬냐고? 그래서 넌 가만있었어? 하지 말라 그랬어? 그냥 당하고만 있었어?"

유치원 하원버스에서 내릴 때 "엄마!"하고 늘 밝게 내리는 아들. 유난히 얼굴이 뾰로통. 무슨 일이 있었던 게 분명하다. 아니나 다를까 얼굴에 손톱으로 긁힌 자국이 있고, 군데군데 살점이 조금 떨어져나가 있다. 딱 봐도 얼굴 상처가 심해보였다. 순간 화가 치민 나는 영민이를 다그치기 시작했다. 영민이는 동생 하선이도 지금까지 때린 적이 없다. 하선이가 오빠를 때려서 울었던 적은 여러 번 있어도 하선이한테 주먹이 나가지 않는 아이다. 오죽하면 하선이 엉덩이 한 대 정도는 억울할 때 때려도 된다고 알려줄 정도다. 친구에게 당하고만 온 것 같아 화가 무척 났었다.

"손톱으로 한 번만 그런 게 아닌 것 같은데? 하지 말라고 했어? 그러면 못하게 밀치기라도 해야지!" 그런데 영민의 말은 날 멈추게 했다. "엄마, 근데 그 친구가 여자야. 여자라서 못 때렸어." 순간 나는 할 말을 잃었다. 힘이 없어서가 아니라, 친구들 사이에서 주눅이 들어서가 아니었다. 영민이는 때릴 수도 있었지만 때리면 안 된다는 생각에 가만히 있었던 것이다.

난 커서 아빠가 될래, 아빠 같은 사람

영민이의 이런 행동에는 아빠의 영향이 있다. 아빠는 어려서 영민이에게 동생은 절대 때리면 안 된다고 가르쳤다. 왜냐면 영민이는 남자고 하선이는 3살 아래 여자이기 때문에 혹시나 하는 마음에 미리 주의를 주었었다. 그리고 동생은 여자라서 힘이 조금 약하고 영민이는 남자라힘이 더 세기 때문에 힘으로 이기려고 하는 건 안 좋은 방법이라고 자주 알려줬다. 이 관계는 아빠 엄마에게도 동일하다. 아빠랑 놀 때에는 힘싸움, 칼싸움, 몸 올라타기 등이 가능하지만 엄마는 이제 영민이가 많이 크고 몸무게도 무거워져서 힘싸움 대신 책읽기, 보드게임

등 다른 놀이를 하기로 약속했었다. 엄마는 우리 집 요리대장, 공부대장이라고 소개하고 아빠는 방구대장, 힘센 사자라고 소개한다.

그래서 오늘 얼굴을 할퀸 친구가 여자애였기 때문에 밀치지 않고 때리지도 않았던 거다. 영민이의 얼굴만 봤을 때는 화가 나 선생님께 전화해서 다시 물어볼까도 생각했지만 아이의 말을 듣고 보니 안심이 되었다.

나는 남편을 아직 오빠라고 부른다. 연애 10년 동안 불러왔던 호칭을 결혼했다고 바꾸는 건 쉽지 않다. 그래서 아이들 앞에서도 오빠라는 호칭이 나온다. 그래서 어른들에게 주의를 듣지만 우리끼리 있을 땐 또 튀어나온다. 그러면 아이들은 날 따라 남편을 아빠가 아닌 오빠라고 부른다. 그래서 바뀐 호칭이 '영민 아빠'이다. 그런데 이 호칭은 부부 간에 애정이 도는 호칭은 아니다. '여보'가 좋을 것 같아서 여러 번 연습해 봐도 어릴 적 습관을 바꾼다는 건 무척 어렵다. 아이들은 부모의 작은 행동도 금방 따라한다. 아이들을 위해서 내가 노력해야 할 부분이다.

자녀는 '부모에 대한 존경심'이,

부모는 '자녀에 대한 배려와 존중'이 공존하는 가족

케이블 방송 중에 〈엄마가 뭐길래〉라는 프로그램이 있다. 여기에 최민수-강주은 부부의 가족이 나온다. 캐나다에서 한국에 잠시 들어온 큰아들 유성이는 어렵게 부부에게 이야기를 꺼낸다. 다니고 있던 토론토대학 정치학과를 잠시 휴학하고 아빠와 할아버지가 걸어온 배우의 길을 가보고 싶다는 것이다. 그래서 연기아카데미에 도전해보고 싶다고 했다. 부부는 잘 다니던 대학을 쉬고 연기자의 길에 들어서려는 아들에게 혼란스러워했다.

유성이는 휴학하기 전 캐나다에서 오디션을 보면서 합격을 준비해왔고, 연기아카데미에 입학허가를 받아놓은 상태였다. 보통의 한국 부모라면 어땠을까? 멀쩡히 다니던 좋은 대학을 두고 연기아카데미에 도전하려는 아들을 어떻게 받아들였을까? 두 부부가 아들을 대하는 태도와 아들이 부모에게 가진 생각을 인터뷰한 장면에서 우리 부부는 많은 생각을 했다.

아들의 이야기를 처음 듣는 순간 엄마 강주은은 당황했고, 잠시 생각할 시간을 달라고 요청했다. 그리고 아들은 방에 들어가 초조하게 기다렸다. 얼마 후 아들을 다시 불러낸 강주은은 아들에게 가장 먼저

"대단해(Great)!"라고 소리쳤다. 그리고 아들에게 인생의 선배로서 조언도 함께 해준다. 스스로 선택한 길에서 지켜야할 것들을 이야기해주고, 오히려 원칙을 더 지켜야 한다고 이야기해 준다. 이런 엄마를 향해 유성이는 "지금이라도 엄마가 가지 말라고 하면 전 안가요"라고 말한다. 아들은 엄마가 반대할 줄 알았는데 찬성해 준 것에 대해 깊은 고마움을 표시했다.

그리고 두 부부 역시 아들에게 고마운 마음을 전한다. "엄마 아빠는 유성이의 결정을 굉장히 존중해. 그만큼 지금 같은 마음을 지키고, 엄마 아빠의 의견이나 지도를 들어줄 마음의 여유가 있다는 것 자체가 가장 큰 선물이야. 네가 무슨 일을 하더라도 엄마는 널 품을 수 있어. 그리고 그 안에 엄마 아빠가 있을 수 있어서 고마워." 부부에겐 아들에 대한 배려와 존중이 있었고, 아들은 부모에 대한 존경심을 품고 있었다.

우리 부부는 궁금했다. 어떻게 다 큰 아들이 부모에게 저런 존경심과 배려, 사랑을 갖게 키울 수 있을까? 우리가 내린 결론은 부모다. 즉 부부가 아이들의 롤모델이 되었을 것이다. 최민수 씨가 대중의 구설수에 자주 휘말리고 다사다난했지만 부부가 확고한 원칙을 갖고 자녀들을 대했고, 부부 사이에 신뢰와 배려를 키워왔기에 가능했을 것이라고.

영민이가 내가 생각지 못한 진로로 가겠다고 할 때, 우린 어떤 말을 해줄 수 있을까? "그건 취미생활로 해도 되잖아"라고 말할지 모른다. 나도 강주은처럼 먼저 "대단해(Great)!"라고 말해줄 수 있을까? 내 아들 영민이가 그런 나를 존경하고 고마워해주면 좋겠다. 그러려면 부부가 그렇게 살아야 된다. 부부는 자녀의 롤모델이니까.

03

육아와 가사는
부부의 팀워크 평가표이다

건강한 공주님이 태어났다고 친한 동생에게 문자가 왔다. '세상의 모든 엄마들을 존경한다' 는 내용도 포함되어 있다. 정말 그렇다. 이 땅의 모든 엄마들은 존경받아 마땅하다. 동생에게 바로 전화를 걸었지만 받지 않는다. 축하의 메시지를 보내면서 한편으론 안쓰럽기도 하다. 동생의 앞날이 보이기 때문이다. 두 번의 임신과 출산을 경험한 나로서는 앞으로 동생에게 펼쳐질 일들이 파노라마처럼 지나갔다.

동생의 남편은 아내에게 무척 잘하고 처가에선 일등 사윗감으로 대접받는다. 하지만 오롯이 여자가 감내하고 이겨내야 하는 것이 출산, 육아이다. 동생은 L전자 마케팅 부서에서 일하는 능력 있는 여성이다. '잔다르크' 라는 별명을 갖고 있을 정도로 일하는 게 똑 부러지고 추진

력이 강했다. 그런 그녀가 아이를 출산했다. 진정한 육아의 시작은 아이와 단둘이 보낸 출산휴가, 차라리 출근해 일하는 게 더 쉬울 것 같은 육아휴직기간이 끝나는 그날부터이다. 그나마 아이가 하나였을 때는 친정엄마, 시어머니의 도움을 받지만 아이가 둘이 되면 (워킹맘인데 셋을 낳은 친구가 있다. 진심으로 존경한다) 상황은 또 달라진다. 이때부터가 여자가 아닌 '아줌마'라는 제3의 성을 갖게 되고, 듣는 것만으로도 버거운 워킹맘이라는 타이틀을 갖고 남편과는 전쟁터에서나 갖게 되는 전우애가 생긴다.

상생마인드를 가진 양육자로서의 아빠

아이를 키울 때는 계획이 무의미해질 때가 많다. 갑자기 아이가 입원을 하거나 학교, 유치원이 단체휴원을 하는 메르스 사태 같은 상황이 벌어지기도 한다. 오전은 친정엄마, 오후는 아이돌보미에게 맡기고 저녁시간은 그야말로 전쟁이다. 이런 시간이 반복되다보면 아이에게 미안해지고, 남편에겐 작은 일에도 서운해진다. 내가 왜 부탁하고 미안해하면서 내 일을 계속해야 하는 건지 헷갈리고 끝없는 감정의 소용돌이에 빠지게 된다.

이런 상황에서 누구에게 하소연할 수 있을까? 누구의 도움이 절실

할까? 답은 아빠다. 출산만 같이 했을 뿐 키우는 방법에 대해 고민하지 않고 소극적이었던 아빠들이 변하고 있다. 많은 남편들이 아내를 도와주며 상생하는 방법을 찾는 마인드를 갖춰가고 있다.

최근 육아에 대한 아버지의 역할이 강조되면서 육아에 소홀하지 않고 적극적인 아빠를 의미하는 프렌디(friend+daddy)에 대한 관심이 높아지고 있다. 이들은 자녀에게 엄마만큼 가까운 존재로 인식된다. 단순히 '친구 같은 아빠'가 아닌 '상생마인드를 가진 양육자로서의 아빠'를 의미한다. 좋은 아빠가 되기 위해선 먼저 엄마와 좋은 팀워크를 이루어야 한다. 애정과 존경을 바탕으로 아내를 사려 깊게 대해야 한다. 불안한 감정 상태에선 엄마가 아무리 노력해도 한계가 있다. 아빠의 지지와 도움이 절대적으로 필요한 이유다.

이제는 아빠주부도 필요하다

가족이 진화하고 있다. 아빠는 주부이고, 엄마가 직장인인 것이다. 엄마의 80%가 일을 하고, 아내의 3분의 1은 남편보다 돈을 더 많이 버는 시대이다. 예전에는 소수만의 용기 있는 행동으로 여겨졌으나 부부가 대화와 협력으로 더 좋은 가족의 미래를 만들기 위한 선택으로 아빠주부가 늘어가고 있다. 이제 남편은 전업 아빠주부는 못되더라도 이벤트성 아빠주부는 되어주어야 한다.

　우리 아이들은 아빠가 "대청소하자" 말하면 제일 신나한다. 왜냐하면 엄마와 청소할 때와는 수준이 다르기 때문이다. 엄마는 거실 매트 위만 청소기를 돌리고, 침대 매트 방향을 바꾸지는 않는다. 하지만 아빠는 거실에 깔려있는 유아매트를 다 걷어내 바닥을 밀고 닦는다. 거실 매트는 한쪽에 쌓아놓고 아이들이 그 위에서 방방 뛰어놀 수 있게 만들어주거나, 원두막 같은 아지트를 만들어주면 자신들의 소중한 장난감을 갖고 들어가 둘이서 재미있게 논다.

　또 침대 매트의 방향을 바꾸기 위해 매트를 들어 올려 바닥에 놓을 때면 그야말로 땀으로 범벅이 되는 점핑스쿨이 따로 없다. 심지어 집안의 가구배치를 바꿔버리기도 한다. 그리고 딸은 청소기를 돌리고 아들은 밀대걸레를 밀고 마음껏 청소를 돕는다. 한바탕 난리가 난 후 아이들과 아빠는 욕조에 물을 받고 물총싸움을 하고 개운하게 씻고 나와 낮잠을 잔다. 이것이 우리 집 아빠만의 대청소 프로세스다.

　아빠가 매일 가사에 참여하기는 어렵다. 사실 아내가 하는 것이 더 꼼꼼하고 속도도 빠르다. 그러나 아빠가 많은 시간을 들이지는 못해도 가사에 참여하려는 상생의 마인드가 있느냐 없느냐가 중요하다. 엄마가 요리를 할 때 아빠가 TV를 보는 것이 아니라 아이를 안고 거실 청소기를 한번 돌려준다면 어떨까? 양으로는 승부를 못해도 질적으로 좋은 시간을 보내준다면 아내에게는 이벤트를 열어주고 자녀들에게는 아빠주부의 모습을 인식시키는 것이 된다.

이처럼 육아와 가사는 결혼생활의 필수행위다. 누군가에게 위임하려 하지 말고 상생 마인드로 육아와 가사에 부부는 함께 참여해야 한다. 부부의 합의된 팀워크인 것이다. 이것이 부부 팀워크 평가표의 기본 점수가 된다.

04

부부간의 '사랑의 언어'를 알고 있다

결혼 후에도 정말 사랑을 유지하며 사는 부부가 있을까? 물론 그렇다. 중년 남녀가 손잡고 걸어가도 불륜이 아닌 부부일 수 있다. 결혼 후에도 부부 간의 사랑을 유지하기 위해서는 노력과 기술이 필요하다.

게리 채프만의 '5가지 사랑의 언어'에 따르면 당신과 배우자에게는 모국어인 한국어말고도 매일 사용하는 다른 언어가 있다. 바로 사랑의 언어이다.

사랑의 언어의 기본 전제는 연애 감정은 일시적이므로 사랑을 지속하기 위해서는 의지와 노력이 필요하다는 점이다. 또 하나 사람마다 고유한 사랑의 언어가 있기 때문에 배우자의 언어를 배울 필요가 있다

는 것이다. 그래서 부부가 사랑을 소통하려면 상대방의 사랑의 언어를
배우고 구사할 줄 알아야 한다.

사랑의 언어 5가지는 인정하는 말, 함께하는 시간, 봉사, 선물, 스킨
십이다.

	사랑의 언어	내 용
1	인정하는 말	칭찬, 감사의 표현, 인정하고 높여주는 말, 겸손한 말, 온화한 말투, 온유한 말 "돈만 갖다주는 은행이예요. 일하는 거에 대해 인정을 못받아요"
2	함께하는 시간	단순히 같이 있는게 아닌 함께하는 시간의 질이 중요하다. 진정한 대화 : 눈을 맞추고 잘 들어주기 "저녁 한 끼 같이 먹기도 힘들어요. 부부 맞나요?"
3	봉사	배우자가 자신을 위해 무언가를 해줄 때 사랑을 느낀다. 사랑한다는 말보다는 한 번의 설거지가 더 효과적이다. "설거지 한번 안 해주면서 무슨 얼어죽을 사랑!"
4	선물	물질 그 자체보다 선물이 사랑을 표현하는 수단이라 생각한다. 아주 작은 선물이라도 사랑을 느낀다. "결혼하고 꽃다발 한번 받아본 적이 없어요."
5	스킨십	포옹하기, 입맞추기, 껴안아주기가 사랑의 표현이다. 자주 안아주세요. "배우자가 말없이 안아줄 때 큰 위로를 느껴요."

※ 베이비 포스트 신디의 부부스터디 발췌

나의 경우는 함께하는 시간에 대한 언어가 중요하다. 결혼 초 바쁜 남편에게 가장 서운했던 것은 혼자 있는 시간이 많다는 점이었다. 특히 첫아이 임신 때 만삭의 나는 대부분 혼자 지내야 했다. 진통이 왔을 때도 긴가민가하다가 남편에게 다급히 병원에 데려가 달라고 연락을 했다. 그런데 그 감정은 꽤나 오래간다. 아직도 그때의 서운함이 완전히 사라지지 않았다.

그렇다면 나와 배우자의 사랑의 언어는 어떻게 알 수 있을까? 사랑의 언어는 아내가 자주 불평하는 게 뭔지, 자주 부탁하는 게 뭔지 살펴보면 알 수 있다. 그래도 잘 모르겠다면 다음의 사랑의 언어검사 진단을 해보자. 내가 원하는 사랑의 언어, 배우자가 원하는 사랑의 언어가 무엇인지 아는데 도움이 된다.

〈사랑의 언어검사 진단〉
각 쌍의 문항 중 당신에게 해당하는 하나만 선택하세요.

	항목	
1	나는 아내(남편)가 사랑의 편지를 주면 마음이 흐뭇해진다.	A
	나는 아내(남편)가 포옹해 주는 것이 좋다.	E
2	나는 아내(남편)와 단둘이 있는 것이 좋다.	B
	나는 아내(남편)가 나의 일을 도와줄 때 사랑을 느낀다.	D

3	나는 아내(남편)가 특별한 선물을 줄 때 기분이 좋다.	C
	나는 아내(남편)와 함께 여행하는 것이 좋다.	B
4	나는 아내(남편)가 빨래를 해줄 때 사랑을 느낀다.	A
	나는 아내(남편)가 나에게 스킨십을 할때 기분이 좋다.	E
5	나는 아내(남편)가 팔로 나를 안을 때 사랑을 느낀다.	E
	나는 아내(남편)의 깜짝 선물을 통해 사랑을 확인한다.	C
6	나는 아내(남편)와 함께라면 어디를 가든 좋다.	B
	나는 아내(남편)의 손을 잡는 것이 좋다.	E
7	나는 아내(남편)가 주는 선물을 소중히 여긴다.	C
	나는 아내(남편)로부터 사랑한다는 말을 듣는 것이 좋다.	A
8	나는 아내(남편)가 가까이 앉는 것이 좋다.	E
	나는 아내(남편)가 나를 멋있다고 하는 말이 기분 좋다.	A
9	나는 아내(남편)와 같이 있는 시간이 즐겁다.	B
	나는 작더라도 아내(남편)가 주는 선물이 좋다.	C
10	나는 아내(남편)가 나를 자랑스럽게 여긴다고 할 때 사랑을 느낀다.	A
	나는 아내(남편)가 나를 위해 음식을 준비해 줄 때 사랑을 느낀다.	D
11	나는 아내(남편)와 함께하는 일이면 뭐든지 좋다.	B
	나는 아내(남편)가 나를 지지하는 말을 하면 기분이 좋다.	A
12	나는 아내(남편)가 작은 것이라도 말보다는 행동으로 해주는 것이 더 좋다.	D
	나는 아내(남편)와 포옹하기를 좋아한다.	E
13	아내(남편)의 칭찬이 나에게는 아주 중요하다.	A
	아내(남편)로부터 내가 좋아하는 선물을 받는 것이 아주 중요하다.	C
14	나는 아내(남편) 곁에 있는 것만으로 기분이 좋다.	B
	나는 아내(남편)가 마사지해 주는 것이 좋다.	E

15	내가 한 일을 아내(남편)가 인정하면 힘이 난다.	A
	아내(남편) 자신은 좋아하지 않는 일을 나를 위해 하는 것은 의미가 크다.	D
16	나는 아내(남편)의 키스가 싫은 적이 없다.	E
	내가 좋아하는 일에 아내(남편)가 관심을 가지면 기분이 좋다.	B
17	아내(남편)이 내가 하는 일을 돕는 것은 중요하다.	D
	아내(남편)가 준 선물을 받아 볼 때 기분이 좋다.	C
18	아내(남편)가 나의 외모를 칭찬하면 기분이 좋다.	A
	아내(남편)가 내 생각을 귀 기울여 듣고 비판하지 않는 것이 좋다.	B
19	아내(남편)가 가까이 있으면 스킨십을 하는 편이다.	E
	가끔씩 아내(남편)가 내 심부름을 해주는 것이 고맙다.	D
20	아내(남편)가 나를 도와주는 것은 모두 상을 받아야 마땅하다.	D
	아내(남편)가 얼마나 생각 깊은 선물을 하는지 가끔씩 놀란다.	C
21	나는 아내(남편)가 나에게 전적으로 집중해 주는 것이 고맙다.	B
	집안 청소를 잘 하는 것은 중요한 봉사 행위다.	D
22	나는 아내(남편)가 줄 생일 선물이 기대된다.	C
	내가 소중하다는 아내(남편)의 말은 늘 들어도 기분이 좋다.	A
23	아내(남편)는 내게 선물로 자신의 사랑을 표현한다.	C
	아내(남편)는 집에서 나의 일을 도움으로 사랑을 표현한다.	D
24	아내(남편)는 내 말을 끊지 않는데 나는 그것이 좋다.	B
	나는 아내(남편)의 선물이 싫증나지 않는다.	C
25	내가 피곤한 것을 알고 도와주겠다고 하는 아내(남편)가 고맙다.	D
	어디를 가든 아내(남편)와 함께하면 나는 좋다.	B
26	나는 아내(남편)와 부부관계 하는 것을 좋아한다.	E
	나는 아내(남편)의 깜짝 선물을 좋아한다.	C

27	아내(남편)의 격려하는 말을 들으면 힘이 난다.	A
	아내(남편)와 함께 영화보는 것이 나는 좋다.	B
28	아내(남편)가 주는 선물보다 더 좋은 선물은 없다.	C
	내 아내(남편)과 스킨십을 할때 기분이 좋다.	E
29	아내(남편)가 바쁜데도 나를 돕는 것이 내게는 큰 의미가 있다.	D
	아내(남편)가 나에게 감사하다고 말하면 나는 기분이 아주 좋다.	A
30	아내(남편)와 잠시 떨어져 있다가 다시 만나 포옹/키스 하는 것이 좋다.	E
	아내(남편)가 나를 믿는다는 말을 하면 기분이 좋다.	A

설문에서 A,B,C,D,E 각각의 개수를 합해보라. 가장 높은 점수가 제1의 사랑의 언어이다. 두 번째 점수가 가장 높은 점수와 큰 차이가 없다면 두 가지 모두 중요하다는 의미이다. 어느 언어이든 12점이 가장 높은 점수이다

A_____ 인정하는 말
B_____ 함께하는 시간
C_____ 선물
D_____ 봉사
E_____ 스킨십

나의 제1의 사랑의 언어 _____
나의 제2의 사랑의 언어 _____

＊출처: 「5가지 사랑의 언어」, 게리 채프먼, 생명의 말씀사

어떤 사람은 골고루 다 잘 나오기도 하지만 2가지 선택문항을 고를 수조차 없을 정도로 정이 다 떨어진 상태일 수도 있다. 그리고 결혼 전(연애)과 결혼 후의 결과가 다르다. 또한 지금의 결과가 지속적으로 유지되는 것도 아니다. 나쁘지만 노력으로 좋아질 수 있고, 좋지만 노력하지 않으면 순식간에 나빠질 수 있다. 부부간의 사랑을 유지하려는 의지와 노력이 지속적으로 필요하다.

05

부부 사이의 공감소통을 위한
따뜻한 말 한마디

동갑이랑 결혼한 친구가 있다. 아내는 남편의 고등학교 1학년 때의 첫사랑이자 짝사랑이었다. 두 사람은 대학에 가서 연인이 되었고 긴 연애 끝에 결혼했다. 동갑이다 보니 정말 친구처럼 산다. 남편의 친구가 아내의 친구이기도 하다. 어느 날 아침 친구가 나에게 전화를 해서 한바탕 퍼붓기 시작한다.

"강병호? 그 사람이 도대체 누구야?"

"들어본 것 같은데. 메이저리그 야구선수 아냐?"

"그래? 어제도 뭐 홈런 쳤어? 어제도 그 사람 경기 본다고 날 새더니. 오늘 중요한 날이라고 그렇게 말했는데 아직까지 안 들어오고 있어. 강병호 한국 들어오면 내가 가만 안둔다고 전해라. 한국 오지도 말라 그래!"

아내는 남편의 이런 행동을 이해 못한다. 어쩌다 강병호가 친구에게 욕을 먹어야 되는지 나도 알 수 없다. 축구광인 남편도 과거 박지성 경기를 보기 위해 새벽잠을 안 잤다. 그때 나 역시. '그놈의 박지성'을 입에 달고 살았던 것 같다. 때마다 무슨 경기가 그렇게 많이 열리는지, 여자들은 지구 반대편 스포츠 경기에 남편들이 왜 이렇게 열광하는지 공감하기 어렵다.

얼마 전 아이들과 같이 외식하고 나오는 가게 앞에 공유 입간판이 서있었다. 그걸 본 아들이 "야~ 공유이다! 우리 엄마가 왜 좋아하는 거야? 가만 안두겠어!" 볼펜을 달라고 하더니 얼굴에 점 하나를 몰래 그려놓았다. 그 모습을 본 남편은 "엄마가 왜 공유를 좋아하는지 아빠도 이해가 안 된다. 뭐가 좋다는 건지." 그때 난 공유가 나오는 드라마에 푹 빠져있었다.

이처럼 아내와 남편은 좋아하고 공감하는 부분이 확실히 다르다. 그렇기 때문에 표현하는 방식이 다르다. 아내와 남편이 대화를 나눌 때는 서로의 다른 대화 패턴을 이해하는 것이 필요하다.

공감소통 대화법

대화에서 중요한 것은 공감이다. 공감이란 상대방이 무엇을 생각하는지를 파악하는 것이다. 공감능력이란 상대방의 감정, 기분상태를 빨리 파악하여 대처하는 것을 의미한다. 그런데 배우자의 미세한 감정을 놓칠 때가 많고, 그것이 쌓이다보면 "너만 힘들어? 나는 어떨 것 같은데?"라는 말이 나오게 된다.

미세감정읽기 노력은 결혼 초에 갖추어야 한다. 자신의 감정을 솔직하게 표현하고, 그것을 여과 없이 받아주고 이해하는 것은 생각만큼 쉽지 않다. 우리는 서로에게 잘 보이고 싶기 때문에 감추고 싶은 감정과 모습들이 있다. 부부의 공감소통 대화패턴은 처음에 잘 만들어놓지 않으면 나중에 바꾸기가 무척 어렵다. 따라서 결혼 10년의 계획 안에 남편과의 공감소통 대화방 만들기가 있어야 한다.

다가가는 대화

남편이 묻는다.
"오늘 강의는 어땠어?"
"응, 오늘은 이런 저런 교육생이 있었는데, 참 힘들었어."

"아, 그랬구나, 힘들었겠네. 내일은 애들 보내고 좀 쉬어. 빨래랑 청소는 내가 주말에 할게."

반면에 이럴 때가 있다.

"오늘 강의 어땠어?"

"응, 오늘은 이런 저런 일이 있었는데, 참 힘들었어."

"우리 서로 일로 힘들다고 말할 때는 지났잖아. 그건 내가 도와줄 수 없는 거야. 네가 잘 준비해야 잘 강의할 수 있는 거지."

위의 두 대화 모두 남편과 내가 나눴던 대화들이다. 첫 번째 대화와 두 번째 대화의 차이가 느껴지는가? 당신이라면 어떤 대화에 마음이 가는가? 당연히 첫 번째다. 첫 번째 대화패턴을 가지려면 서로의 미세한 감정을 읽고 알아채는 능력을 키워야한다. 두 번째 대화를 나눴던 날은 남편도 회사에서 안 좋은 일이 있었던 날이다. 남편도 감정을 꾹 누르면서 마음을 다잡고 있는 상태에서 아내까지 일로 힘들다고 말하니, "나는 어떨 것 같은데"라는 말이 튀어나온 것이다.

06

당신 안의 꿈을 균형 있게 만들어라

"승원엄마, 내일 10시 반에 아파트 정문에서 만나. 내일 봐"

민지엄마가 하는 이 말을 듣고 내가 묻는다.

"승원엄마랑 내일 어디가?"

"애들 학예회 때 입혀 보낼 흰 티랑 타이즈를 샀는데 사이즈가 작아서 교환하러 같이 가게."

딸과 유치원 같은 반인 민지엄마가 옆 동 승원엄마와 놀이터에서 헤어지며 약속을 잡는다. 괜히 궁금한 마음에 어디 가느냐고 물어본 난 민지엄마의 대답에 조금 당황했다. 아이옷 사이즈 교환을 하러 가는데 둘이 같이하는 건가?

우리 아파트에 초등학교 3학년 외국남자 아이가 있다. 그 아이는 한국말도 제법 잘하고 또래 친구들, 동생들과도 잘 어울린다. 그런데 그 집 외국인 엄마는 아이와 함께 놀이터에 나올 때 큰 가방을 들고 나온다. 그리고 놀이터 가장자리 의자에 앉아 가방에서 여러 권의 책을 꺼내놓고 책을 보며 아들을 살핀다. 아직까지 외국인 엄마는 우리 단지에서 미스터리에 가까운 존재이다.

나는 우리나라 엄마들은 만나서 차 마시며 수다 떨고 놀고, 외국인 엄마는 놀이터에서도 책을 본다고 말하는 것은 아니다. 코알라처럼 붙어있어야 되는 아직 어린 아이라면, 우리의 에너지는 방전되고, 그럴 때 같이 육아를 하는 옆집 엄마는 정서적 위로가 될 수 있다. 나 역시 지금보다 더 자주 주변 엄마들과 어울리며 지내려했던 시기가 있었다.

하루 24시간 중 '당신의 꿈'을 위한 시간은 얼마인가

아이가 어느 정도 자라면 엄마인 우리는 시간을 관리할 수 있게 되는 때가 온다. 그때 여러분은 무엇을 하고 싶은가? 우리가 10년의 계약결혼을 유지하면서 기억해야할 것은 10년 뒤의 남편의 모습, 자식의 모습만큼 10년 뒤의 나의 모습도 소중하다는 사실이다. 내 모습이 만족스럽고 매력 있지 않다면 계약서를 다시 써야할 때 우리는 약자가 될 수밖에 없다.

당신 안에 또 다른 꿈을 만들어가고 싶다면, 우리의 에너지를 조금 아껴 우리 꿈에 집중시킬 필요가 있다. 10시 반에 친구엄마를 만나 아이 옷을 교환하는데 걸리는 시간은 30분이면 충분하다. 곧 점심시간이니 같이 점심을 먹게 될 것이고, 밥을 먹으면 커피도 같이 마셔줘야 된다. 그러면 아이들이 돌아올 시간이 다가오고, 다 끝내지 못하고 나온 집안일이 생각나 허겁지겁 집에 돌아오면 엄마는 그때부터 무척 바빠진다. 세탁소에서 옷을 찾아가라는 문자를 몇 번 받아도 세탁소 갈 시간이 없다.

당신안의 별이 여전히 빛나게 하기 위해 가장 먼저 해야 할 것은 당신의 시간을 당신의 별을 위해 보내는 연습을 하는 것이다. 나는 하루 24시간 아이를 돌봐야 하는 1~2년의 코알라 육아를 거치면서 나만의 시간 사용법을 잃어버렸고, 이제야 혼자만의 시간이 생긴 것에 감격은 했지만 막상 무엇을 해야 할지 모르는 경우가 많았다.

나의 경험에 비추었을 때 가장 먼저 실행에 옮길 수 있는 것은, 당장 만나지 않아도 되는 옆집 엄마와의 약속을 피하는 것이다. 예를 들어 아이 옷은 혼자 가서 바꿔오면 많은 시간이 나에게 돌아온다. 그리고 단체 카톡방을 사수해야 한다는 의지보다는, 내 꿈을 사수해야한다는 결심을 갖고 적당히 줄타기를 하는 지혜로운 여우가 되자.

생각을 심는 과정이 필요하다

나의 별을 위해 시간을 보내는 연습을 했다면, 본격적으로 나의 별을 빛나게 해줄 방법은 무엇일까? 나의 변화와 발전을 위해서 어떠한 생각과 마음, 어떤 행동 강령을 가져야할지 모르겠다면, 먼저 관심 있는 책들을 곁에 두고 읽는 과정부터 시작하라. 좋은 판단을 내릴 수 있게끔 '생각을 심는 과정'이 바로 독서이다. 내가 경험했던 다른 좋은 방법은 동영상을 보는 것이다. 유튜브나 케이블TV를 살펴보면 자기계발을 주제로 강의한 강사들의 동영상이 넘쳐난다. 많이 읽고, 많이 듣는 '생각을 심는 과정'을 통해 조금씩 내 모습을 그려나갈 수 있다. 처음엔 하얀 도화지였지만, 책에서 읽었던 문구와 강사들에게서 들은 기억에 남는 말들이 그 도화지에 채워지고, 그래서 다시 내 인생에 대해 꿈을 꾸고, 기대감을 갖게 되고, 작은 것들부터 계획을 할 수 있게 된다.

혼자만의 시간보내기 연습을 통해 내 꿈을 포기하고 경단녀가 된 것에 대한 염려와 한숨의 시간으로 결혼 10주년을 보내지 않도록 나의 꿈을 발견하고 키워보자. 복잡다단한 인간관계 속에서 적당히 밸런스를 유지하고 결혼생활을 유지하고 있는 것만으로도 우리는 충분히 재능이 있고 능력이 있다. 그동안 가사와 육아를 비롯해 얽히고설킨 문제들과 씨름해오면서 우리 뇌는 충분히 활성화되었으니, 똑똑해진 뇌를 나 자신에게 투자해보자. 지금 우리가 공부하면 성공할 가능성이 높은 이유는, 우리는 남편들보다 멀티플레이가 가능하고, 아직 발견하지 못한 재능이 있을 가능성이 크기 때문이다. 당신안의 꿈을 균형 있게 키워가자. ✳

결혼 10년마다 계약하기

초판인쇄	2017년 5월 20일
초판발행	2017년 5월 25일
지은이	장성미
발행인	조현수
펴낸곳	도서출판 프로방스
마케팅	최관호 조원호 신성웅
표지＆편집 디자인	오종국 Design CREO
삽화	서설미
ADD	경기도 고양시 일산동구 백석2동 1301-2
	넥스빌오피스텔 704호
전화	031-925-5366~7
팩스	031-925-5368
이메일	provence70@naver.com
등록번호	제2016-000126호
등록	2016년 06월 23일
ISBN	979-11-88204-01-4-03810

정가 15,000원

파본은 구입처나 본사에서 교환해드립니다.